Thomas Gross

Die Werwolf-Division

Horror-Novelle

AF185907

www.tredition.de

© 2015 Thomas Gross

Verlag: tredition GmbH, Hamburg

ISBN
Paperback: 978-3-7323-7414-4
Hardcover: 978-3-7323-7415-1
e-Book: 978-3-7323-7416-8

Printed in Germany

Das Werk, einschließlich seiner Teile, ist urheber-rechtlich geschützt. Jede Verwertung ist ohne Zu-stimmung des Verlages und des Autors unzulässig. Dies gilt insbesondere für die elektronische oder sonstige Vervielfältigung, Übersetzung, Verbreitung und öffentliche Zugänglichmachung.

Im Labor

Es war ein schöner Frühlingstag, die Luft roch nach Blumen und die Kinder tollten um den Brunnen in der Hauptgasse der Altstadt herum. Die Hakenkreuzfahnen, die die Strassen säumten, wehten im Wind. Doch Dr. Schulze nahm sich keine Zeit um solche banalen Dinge wie das schöne Wetter zu geniessen oder den Kindern beim Spielen zuzusehen. Er war ganz und gar in seine Forschung vertieft. Auf seinem Schreibtisch lagen zwei Stapel Bücher, darunter ein Lexikon der Mythologie, eine wissenschaftliche Arbeit über Psychosen und allerlei Tier- und humanmedizinische Fachbücher. Sein Morseapparat fing an zu ticken, doch er bemerkte das Geräusch nur am Rande. Als er realisierte, was das Ticken bedeutet, fuhr er von seinem Schreibtisch hoch und eilte zum Apparat. „Ziel nicht erreicht, Einheimischer gab Hinweis dass Gestaltwandler in die Kasachensteppe auswanderten. Warte auf weitere Befehle, Heil Hitler!" so die Nachricht des Expeditionsleiters, den Schulze nach Griechenland in die arkadischen Berge geschickt hatte. Schulze hoffte, in dieser Region Nachfahren des frühgriechischen Königs Lykaon zu finden. Dieser König, der vor mehr als 3000 Jahren lebte, soll der erste Werwolf gewesen sein. Er erzürnte Zeus, indem er ihm Menschenfleisch opferte. Als Strafe wurde er in einen Wolf verwandelt. Jedenfalls erzählt es die Legende so. Für den Doktor war diese Geschichte jedoch mehr als nur eine Legende. Es gab auf der ganzen Welt, in allen Zeiten und Kulturen, zu viele Überlieferungen, die von Gestaltwandlern oder Werwölfen berichteten. Auch die Bibel berichtet von einer Verwandlung, die für Schulze eine Transformation zum Werwolf darstellt. Es ist die Geschichte um den Babylonier-König Nebukadnezar, der Gott verärgerte und dessen Verstand daraufhin verwirrt wurde. Die Bibel berichtet, dass er sich in seinem Wahn wie ein wildes Tier gebärdete. Es musste sie geben, die Werwölfe. Der Gedanke, dass es doch keine Werwölfe gibt und dass er folglich auch kein Werwolf Serum herstellen kann kam Schulze nicht in den Sinn. Das Serum, mit dem er eine Division aus übermenschlich starken Kriegern züchten wollte, war für ihn zu wichtig als dass er sich mit der Möglichkeit des Scheiterns auseinandersetzte.

Schulze ging zu seinem Globus und betrachtete die kasachische Steppe. Sollte der Hinweis des Einheimischen die Reise wert sein? Zumindest schien ihm dessen Aussage ein Beweis zu sein, dass er auf der richtigen Spur war. Aber was, wenn die Werwölfe in der Zwischenzeit schon wieder weitergezogen sind? Jedenfalls musste sich Schulze keine Sorgen darüber machen, dass die Expedition nicht finanziert werden würde. Die Verzweiflung Hitlers machte ihn grosszügig und leichtgläubig. Er wollte unbedingt eine Armee von Supersoldaten mit übermenschlichen Kräften um mit ihnen den Krieg doch noch zu gewinnen. Auch andere wunderliche Projekte hatte er finanziert. Er liess Flugscheiben bauen und hatte einen portablen elektromagnetischen Sender zur Massenhypnose entwickeln lassen. Doch Erfolge gab es bislang noch keine. Deshalb liess der Führer Dr. Schulze an einem Serum forschen, das die Soldaten leistungsfähiger machte. Anfangs war Hitler von der Vorstellung, seine Soldaten zu Werwölfen zu machen, nicht begeistert. Die Vorstellung von Werwölfen war ihm viel zu unarisch und er hielt die Geschichten von Wolfsmenschen für Hirngespinste von Zigeunern, Osteuropäern und Juden. Seine Supersoldaten sollten gross, schlank, blond und blauäugig sein, keine haarigen Tiermenschen. Jedoch konnte Schulze ihn davon überzeugen, dass die Kräfte der auf diese Weise optimierten Soldaten die entscheidende Wende im Krieg bringen konnte. Endlich entschied sich Schulze dafür die Reise auf sich zu nehmen. Er gab seiner Abenteuerlust und seinem Forschungsdrang den Vorzug gegenüber seinen wissenschaftlich kalkulierenden Gedanken. Wenn es nach letzteren gegangen wäre, hätte er die Reise nicht auf sich genommen. Sie schien ihm zu wenig erfolgversprechend. „Sofort nach Sofia, Bulgarien aufbrechen. Erwarte euch dort beim Hauptbahnhof, Heil Hitler!" tippte er in den Morseapparat. Er packte seine Reisetasche und sah sich ein letztes Mal in seinem Labor um. Sein Arbeitsort war ein ehemaliger Weinkeller, an den man einen unterirdischen Tunnel angebaut hatte, der zu einem abgelegenen Bauernhof führte. Zu jenem Hof, von dem er das „Rohmaterial" für seine Experimente erhielt. Sein Blick streifte über die leeren Tierzwinger, in denen noch Stroh lag. Er versuchte lange, sein Superserum aus Tieren zu gewinnen. Er entnahm aus dem

Muskelgewebe von Ochsen ein Protein, das den Muskelaufbau beschleunigen sollte. Ein anderes Mal versuchte er, Muskelstränge von Pferden in die Oberschenkel von Menschen zu implantieren. Beide Versuche schlugen fehl, die Freiwilligen, an denen er die Versuche durchführte, stiessen die fremden Stoffe und Organe ab. Einmal wäre es ihm beinahe gelungen, Menschenblut mit dem Eisen aus Tierblut anzureichern, um so den Menschen leistungsfähiger und wacher zu machen. Aber der Stoffwechsel des Freiwilligen konnte sich auf die neue Energie nicht einstellen, die Eisenzufuhr musste unterbrochen werden. Als er vor Monaten begann, seine Arbeit auf die Erforschung von Werwölfen zu konzentrieren, liess er sich Psychotiker aus Irrenanstalten in sein Labor bringen, um sie zu untersuchen. Er suchte sich Patienten aus, die dem Wahn verfallen waren, Wölfe oder andere Tiere zu sein. Insgeheim erhoffte er sich, unter den Patienten einen richtigen Werwolf zu erwischen, der auffällig geworden war und in eine psychiatrische Klinik eingewiesen wurde. Aber er kam auf diese Weise seinem Ziel nicht näher. Es gab keinen echten Wolfsmensch unter den Psychotikern.

Schulze dachte an seine Arbeit, an all die Rückschläge. Nur durch seine Überzeugung konnte er diese Strapazen auf sich nehmen. Dabei waren ihm der Nationalsozialismus, das Reich und Hitler im Grunde genommen egal. Er konnte sich gut vorstellen, für die Amerikaner zu arbeiten, falls die Nazis den Krieg verlieren würden. Für Ihn war nicht wichtig, für wen er forschte, sondern dass er seinem Forschungsdrang freien Lauf lassen konnte. Er war davon überzeugt, dass er mit seinen Forschungen und Experimenten die Evolution der Menschheit vorantreiben würde. Nun führte ihn das Objekt seines Forschungsdrangs in die asiatische Steppe. Was würde ihn dort erwarten? Er war froh, dass er sich diese Frage nicht beantworten konnte. Die Reise hätte sonst einiges an Abenteuerlichkeit verloren. Er griff seine gepackte Tasche, kehrte dem Labor den Rücken zu und verliess seinen Arbeitsort. Als er in die Altstadt trat wurde er vom Geruch blühender Blumen überwältigt. Ihm wurde bewusst, was für ein öder, muffiger Ort sein Kellerlabor war. Die grauen, schmutzigen Wände und der modrige Geruch des Kellerkomplexes waren nichts im Vergleich zu dem Blumenduft und den kräftigen Farben die er jetzt wahrnahm. Er schwelgte eine Weile in den reizvollen Eindrücken, dann machte er sich auf den Weg zum Bahnhof um den nächsten Zug nach Sofia zu erwischen. Unterwegs war er ganz in der Vorstellung vertieft endlich sein Ziel zu erreichen. Er würde mit seinem Erfolg die Menschheit ein Stück weiterbringen. Endlich könnten die menschlichen Schwächen überwunden werden. Er war sich sicher, dass er die Menschheit auf eine höhere Stufe der Entwicklung bringen würde.

Aufbruch in die Steppe

Dr. Schulze wartete schon seit einigen Minuten im Wartesaal des Hauptbahnhofs von Sofia. Endlich kam der Expeditionstrupp an. Man sah Krupp, dem militärischen Leiter der Gruppe, an, dass es ihm seltsam vorkam, keine Wehrmachtsuniform zu tragen und zur Begrüssung nicht „Heil Hitler!" zu bellen. Schliesslich mussten sie sich so unauffällig wie möglich verhalten um die Operation nicht zu gefährden. Daher mussten sie alles vermeiden, was darauf hinwies, dass sie eigentlich Nazis sind. Der Rest des Trupps bestand aus 10 Soldaten unter der direkten Leitung Krupps, darunter waren ein Sprachkundler, ein Schreiber und ein Koch. Schulze kam nach der Begrüssung direkt zum Thema: "Wir werden morgen früh, 8:00 aufbrechen. Unser Flug geht um 9:30 nach Teheran. Von dort werden wir per Kraftfahrzeug in Richtung Norden zur Kasachensteppe fahren. Gibt es noch Fragen?" „Die Steppe gehört doch den Sowjets, kann das nicht gefährlich werden?" fragte einer aus der Truppe nach anfänglichem Schweigen. „Die Grenze zur Steppe wird höchstens schwach bewacht, die Sowjets haben dort nichts, was es zu bewachen gibt, keine Fabriken oder Ähnliches. Und glauben sie mir, ausser uns geht niemand freiwillig dorthin. So gesehen ist die Steppe selbst die Grenzwache der Sowjets. Sie vertreibt die Leute mit ihrer Unwirtlichkeit. Falls wir gegen alle Wahrscheinlichkeit doch von einer sowjetischen Grenzwache kontrolliert werden, habe ich von einem persischen Verbindungsmann englische Pässe herstellen lassen. Wir würden uns dann als englische Kommunisten ausgeben. Und falls uns Niemand Glauben schenken würde und sie uns festnehmen habe ich immer noch Zyankalikapseln für die ganze Mannschaft dabei. Aber so weit wird es nicht kommen. Weitere Fragen? Nein? Dann wünsche ich allen eine gute Nachtruhe." Schulze verliess die Truppe und zog sich in sein Hotelzimmer zurück. Es war ein einfaches, kleines Hotel in der Nähe des Hauptbahnhofs. Müde von der langen Reise legte er sich ins Bett. Während er einschlief krochen seltsame Befürchtungen aus seinen Eingeweiden hoch. *Was wäre, wenn meine Supersoldaten den Sieg doch nicht herbeiführen würden? Wenn meine Geheimwaffe versagen würde?* Trotz diesen Gedanken, die in seinem Verstand schwirrten, wollte er sein Projekt unbedingt fortsetzen. *Falls meine Kreaturen zu nichts taugen würden, verliert Deutschland eben den Krieg*, dachte sich Schulze. *Und ich könnte aus seinen Fehlern lernen. Mein Wissen würde so oder so weiterwachsen.* Seine Befürchtungen kreisten noch eine Weile in seinem Verstand, ohne ihn ernsthaft zu beunruhigen. Dunkelheit umhüllte ihn und seine Gedanken verstummten, der Schlaf hatte ihn übermannt.

Wie geplant flog die illustre Expeditionstruppe nach Teheran. Für die meisten von ihnen war es eine gänzlich neue Erfahrung, orientalischen Boden zu betreten. Die drückende Hitze, die fremde Sprache, neue, würzige Gerüche und braungebrannte Männer mit wallenden Bärten, alles war anders als in der

Heimat. Schulze kontaktierte gleich nach der Landung seinen persischen Verbindungsmann, der perfekt Englisch sprach. Sie trafen sich in einem Kaffee, in dem die meisten Gäste Wasserpfeife rauchten. Unauffällig reichte der Perser Schulze eine Mappe mit den Pässen, ebenso notierte er ihm auf einem Zettel die Adresse eines Autohändlers, der sie mit Fahrzeugen ausrüsten würde. Schulze reichte die Notiz an Krupp weiter und gab ihm zu verstehen, dass er die Autos organisieren soll.

Als die Fahrzeuge organisiert waren verabschiedete sich Schulze von seinem Verbindungsmann und machte sich mit seiner Truppe gleich auf den Weg in Richtung Norden. Die Fahrt zur Steppe erwies sich als unbeschwerlicher als gedacht. Es gab keine Grenzkontrollen, die Grenzen waren nicht einmal ausreichend markiert. Die staubigen Strassen, auf denen sie fuhren, wurden selten benutzt. Die Expedition führte sie in ein Niemandsland, für das sich keiner interessierte. Sie fuhren durch Dörfer die, je weiter sie nach Norden fuhren, immer unzivilisierter wurden. Eine Siedlung die sie passierten bestand nur aus einigen Holzhütten, die Bewohner hatten breite, schmutzig wirkende Gesichter, die von rabenschwarzem Haar umrahmt waren, ihre Kleidung war grob und schmucklos.

Schulze, der sein Leben hauptsächlich mit lesen, schreiben und studieren verbrachte und nie viel reiste, fühlte sich schon in Bulgarien wie in einer anderen Welt. In Persien wurde dieses Gefühl der Fremdheit noch übertrumpft. Doch nun, wo sie den europäischen Kontinet und die Zivilisation hinter sich gelassen hatten, kam sich Schulz vor wie wenn er in eine vollkommen andere Realität eintauchen würde.

Als sie die unbewachte Grenze zur Sowjetunion überquerten, verteilte Schulze die Zyankalikapseln. Er selbst wusste, dass sie nicht kontrolliert werden würden, aber er nahm eine leichte Unruhe in der Truppe wahr die er mit dem Austeilen der Kapseln besänftigte. Das Wissen, dass sie sich in einer ausweglosen Situation auf schmerzfreie Weise das Leben nehmen könnten, wirkte beruhigend auf die Soldaten.

Schliesslich kamen sie zum letzten Dorf vor der eigentlichen Steppe. Sie stellten ihre Kraftfahrzeuge bei einem Gasthaus ein und organisierten sich Pferde. Schulze fragte den Wirt des Gasthofs, der über mässige Englischkenntnisse verfügte, darüber aus, ob die Bewohner dieses Dorfes schon irgendwelchen seltsamen Wesen begegnet seien. Der Wirt, ein gelangweilt wirkender Klotz von einem Mann, schwieg zuerst eine Weile. „Es passieren viele merkwürdige Dinge in der Steppe…sie sollten nicht in die Steppe reiten, es könnte gefährlich werden…". Schulze gab sich mit dieser Antwort nicht zufrieden. "Wurden schon Leute von seltsamen, stark behaarten Kreaturen angefallen? Oder wurden Schafe gerissen? Ich bitte sie, jeder Hinweis kann uns hilfreich sein." Der Wirt blieb stumm. Erst als Schulze ihm etwas Bargeld über den dreckigen Tresen schob, wurde der Wirt gesprächiger. "Kommen sie mit…"

sagte er, kam hinter dem Tresen hervor und ging in ein Nebenzimmer. Schulze blickte zu Krupp, welcher kurz nickte und ihm zwei seiner Leute nachschickte, die an der Tür warten sollten. Im Nebenzimmer angekommen setzte sich der Wirt und hiess Schulze, es ihm gleich zu tun. „ Ich habe Geschichten von Reisenden gehört. Sie erzählten von fürchterlichem Geheul in der Nacht und seltsamen Fussspuren. Und von zerfetzten Kadavern. Tagsüber wurde auch schon ein Lager dieser seltsamen Leute entdeckt. Sie haben gelbe Augen, sagt man jedenfalls. Und essen rohes Fleisch. Die meisten von ihnen sehen ähnlich aus wie ihr Europäer, mit runden Augen und langen Nasen. Schon seit Jahrzehnten erzählt man sich dieselben Geschichten… Mein Grossvater erzählte mir als ich noch ein Junge war wie er diese Leute zum ersten Mal sah. Als er selbst noch ein junger Mann war tauchten sie bei ihm auf und wollten Zelte kaufen. Später kamen sie wieder um Wasser zu holen. Er hat sie dann noch einige Mal im Dorf gesehen bis sie sich dann nicht mehr blicken liessen…Seit diese Leute ankamen erzählt man sich auch diese Geschichten aus er Steppe." Schulze hörte voller Begeisterung zu. Der Wirt erzählte von dem europäischen Aussehen der Gestaltwandler, dies würde zu ihrer griechischen Herkunft passen. Und bevor sie aufgetaucht sind gab es noch keine Geschichte über nächtliches Geheul. Wahrscheinlich zogen die Werwölfe aus Griechenland nach Kasachstan, in die Steppe, deckten sich mit Zelten ein und lebten seither dort. Es gibt bis zur

Gegenwart Erzählungen von diesen Kreaturen, also sind sie höchstwahrscheinlich immer noch in der Steppe…. Alles was Schulze noch zu tun hatte war, sie zu finden. Er bedankte sich beim Wirt mit Bargeld für die wertvollen Informationen, verliess das Nebenzimmer und besprach sich mit Krupp über das weitere Vorgehen. Sie waren sich einig, dass es besser ist, die Nacht im Gasthaus zu verbringen und zu Kräften zu kommen.

Transformation im Niemandsland

Am nächsten Morgen ging die Reise weiter. Schulze und seine Mannschaft zogen auf ihren Pferden in die weite Steppe. Sie ritten den ganzen Tag in Zweiergruppen durch das Land. Doch der erste Tag brachte noch keinen Erfolg. Ausser Gras und Hügeln hatten sie nichts gefunden. Am Abend kamen sie wieder zusammen. Einige von Krupps Männern waren frustriert über den Misserfolg. Doch Schulze blieb zuversichtlich. Er war sich so sicher wie kein anderer dass sie die Werwölfe finden werden. Es wurde dunkel und Krupp befal seinen Leuten Feuer zu machen und das Lager nach den Anweisungen des Doktors einzurichten. Schulze war sich bewusst, dass diese Expedition gefährlich war. Deshalb hat er Mittel und Wege erforscht um sich vor möglichen Angriffen durch die Werwölfe zu schützen. So liess er um das Lager herum Silberdrähte spannen um die Werwölfe fernzuhalten. Vor längerer Zeit, noch während er im Studium der Anthropologie war, befragte er einige Zigeuner über Werwölfe. Sie erzählten ihm unter anderem von den Möglichkeiten, sich vor den Werwölfen zu schützen. Silber war eines der Mittel, das alle Zigeuner als Schutz vor Werwölfen ansahen. Viele von ihnen trugen silberne Amulette. Den Soldaten erzählte er aber nichts davon. Viele von ihnen waren völlig von der völkischen Ideologie Hitler`s angetan. Also kam es sicher nicht gut an, wenn er ihnen sagen würde dass sie etwas Zigeunerhaftes machen. Sie sollten einfach die Drähte spannen und daran glauben, dass dies gegen Werwölfe hilft. Die meisten von ihnen vertauten zwar lieber auf ihre Pistolen und Messer, aber sie taten trotzdem was Krupp ihnen auftrug. Das Lager war errichtet und der ganze Expeditionstrupp sass um das Feuer herum. Die entspannte Atmosphäre liess Fragen aus der Mannschaft laut werden, die sonst nicht ausgesprochen wurden. "Dr. Schulze, hat man denn schon jemals einen Werwolf gesehen? Gibt es Beweise dafür dass es die gibt?" fragte Müller, der der gesprächigste und vorlauteste von allen war. " Sie sollten nicht von Werwölfen sprechen, das tun sonst nur diese abergläubischen Zigeuner." antwortete Schulze, der innerlich lächelte, "Man hat die Gestaltwandler, wie man sie richtig bezeichnet, schon oft gesehen. Darüber hinaus gibt es in allen Völkern der Welt Legenden, die von solchen Wesen handeln. Es gibt sogar Gemälde die Werwölfe darstellen. Kennen sie das Portrait des Petrus Gonsalvus? Wenn sie es kennen würden, hätten sie damit ihren Beweis. Und dann wären noch die Geschichten von den angeblich verwilderten Kindern, die man immer wieder in den Wäldern findet. In Wahrheit sind diese Kinder nicht verwildert, es sind kleine Werwölfe. Man hat diese phänomenalen Gestalten nur noch nie als das erkannt was sie sind. Es wurden immer wieder Erklärungen erfunden. Die Wissenschaftler und Ärzte taten diese Leute einfach als missgebildete Psychotiker ab. Aber ich erkenne das Potenzial das in diesen Wesen wohnt". "Was für ein Potenzial? Was wollen sie eigentlich mit dieser Expedition erreichen? Uns hat man bisher nichts gesagt, ausser dass wir sie auf ihrer Forschungsreise beschützen sollen. Ich wäre froh wenn jemand uns sagen würde was…" „ Halten sie endlich die Schnauze, Müller! Sie müssen nur das Nötigste wissen, ist das klar?" bellte Krupp. Müller verstummte. Doch Schulze dachte, dass er seinen Leuten etwas mehr erzählen sollte. "Warum sollte ich euch nicht etwas genauer informieren? Wie sie sich vorstellen können, haben die Gestaltwandler Kräfte von denen wir gewöhnlichen Menschen nur träumen können. Nicht nur die Körperkraft ist enorm gesteigert, auch die Sinne sind geschärft und die Schmerzempfindlichkeit ist viel tiefer als bei uns. Diese Eigenschaften sind besonders im Krieg sehr gefragt. Wenn wir diese Fähigkeiten für uns in Anspruch nehmen, könnten wir den Krieg gewinnen." „Und wie wollen sie diese Fähigkeiten erlangen? Wollen sie sich etwa von so einem Ungeheuer beissen lassen?" fragte diesmal Krupp. „Ich dachte ei-

gentlich eher daran, aus dem Blut der Gestaltwandler ein Serum zu gewinnen. Aber wenn es nicht anders geht, würde ich mich auch beissen lassen...."
„Lassen sie sich doch einfach einen Freiwilligen aus einem Zuchthaus oder einer Klapsmühle schicken. Den können sie dann von den Werwölfen beissen lassen." „Das halte ich für keinen guten Vorschlag. Die Testperson muss geistig und seelisch in einer guten Verfassung sein, sonst könnte sie mit den neuen Kräften gar nicht umgehen. Glauben sie mir, es ist keine gute Idee, eine Geisteskranken oder Zuchthäusler mit solchen Kräften zu versehen." Das Gespräch ebbte langsam ab, die Mannschaft wurde müde. Einige zogen sich schon in ihre Zelte zurück. Auch Schulze gab der Müdigkeit nach und legte sich hin. Der Einzige der noch wach blieb war Kraus, der Schreiber der Gruppe. Er schob die erste Nachtwache und war für das Feuer verantwortlich. Er sass allein beim Feuer und überflog nochmal die Notizen, die er seit Beginn der Reise gemacht hatte. Sie drehten sich vor allem über den Materialverbrauch, Forschungserfolge und den genauen Ablauf der Expedition. Schliesslich wollte der Führer ganz genau informiert werden und den Berichten von Schulze traute er doch nicht ganz. Als Kraus mit seinen Notizen fertig war, hörte er auf einmal ein Geräusch. Ein leises Tappen, wie von Füssen, die sich langsam anschlichen. Er entzündete eine Fackel und ging im Lager auf und ab. Seine Kameraden wollte er noch nicht wecken, schliesslich hätte es

auch etwas harmloses sein können. Plötzlich wieherten die Pferde auf, man hörte ein Reissen und Geräusche von etwas Schwerem, das auf den Boden aufschlug. Jetzt war es nicht mehr nötig die Anderen zu wecken, sie kamen durch die entsetzlichen Geräusche von selbst aus den Zelten gekrochen. Kraus war der Erste der bei den Pferden ankam. Er trat über den gespannten Silberdraht hinweg zu den Pferden, die ausserhalb des eigentlichen Lagers an Pflöcke gebunden wurden. Es war ein grauenhaftes Bild: zerfetztes Fleisch aus dem blanke Knochen ragten, Organe die herumlagen und dann das ganze Blut, das die Erde tränkte. Es sah in der Dunkelheit ganz schwarz aus. Kraus hörte schnelle Schritte hinter sich. Er drehte sich ruckartig um und wurde von einer haarigen Gestalt umgeworfen, die gleich wieder davonrannte. Inzwischen war auch der Rest der Mannschaft angekommen. Einige von Krupps Leuten schossen mit ihren Pistolen dem haarigen Etwas nach, das schon lange in der Dunkelheit verschwunden war. Schulze kümmerte sich sofort um Kraus, welcher sich über die übertriebene Fürsorge des Doktors wunderte. Kraus wurde in ein Zelt gebracht und auf ein Feldbett gelegt. Man riss ihm sein Hemd auf, der Doktor kramte in seiner Ärztetasche. Jetzt erst wurde Kraus klar, dass er nicht nur umgeworfen, sondern auch aufgeschlitzt und gebissen worden war. Er sah an sich herunter und erblickte seinen blutüberströmten Oberkörper. Die Fürsorge des Doktors war nicht übertrieben. 4 tiefe Schnittwunden klafften auf seiner Brust, seine Schulter war von spitzen Zähnen durchlöchert. Er wurde ohnmächtig. Für Kraus wurde es eine endlos lange Zeit dunkel. Die schwere Dunkelheit wurde irgendwann von schrecklichen Erinnerungen durchbrochen. Er erinnerte sich an blutige Stücke zerfetzten Fleisches, an Innereien die zerstreut auf dem Steppenboden herumlagen. Und an das Knurren einer haarigen Kreatur die ihn anfiel. Schulze schickte am nächsten Morgen die Hälfte des Teams los um nach den Werwölfen zu suchen. Krupp und zwei seiner Leute blieben bei ihm. Kraus wurde genau beobachtet. Es schien, als wäre er in einem Zustand gefangen der noch tiefer und dunkler war als der Schlaf. Am frühen Nachmittag regte sich Kraus zum ersten Mal. Er stöhnte und versuchte die Augen zu öffnen, aber er war noch zu schwach. Der Doktor beobachtete ihn prüfend und kontrollierte seinen Puls. „Puls normal. Sieht so aus, als ob er sich gut erholen wird." Nun gönnte er sich eine Pause und vertrat sich vor dem Zelt die Beine. Währenddessen blieb Krupp bei Kraus. Der Wind strich durch Schulze`s platinblondes Haar und brachte es in Unordnung. Wenn die Legenden wahr sind, überlegte er sich, und man durch einen Biss zum Werwolf wird, dann haben wir Glück gehabt. Wir könnten mit Kraus zurückreisen und ihn zu Hause in Ruhe untersuchen. Ich müsste diese Werwolf-Sippe nicht zuerst davon überzeugen mir Blut zu spenden damit ich daraus das Serum machen kann. Es wäre alles viel einfacher… Unterdessen erhob Kraus seinen Oberkörper und setze sich auf die Kante seines Feldbettes.

Krupp, der sich gerade in diesem Moment eine Zigarette drehte, hörte auf einmal ein würgendes Geräusch, drehte sich schnell um und sah Kraus, der sich erbrach und dabei erbärmlich zitterte. Auch Dr. Schulze vernahm was im Zelt geschah und stürmte sofort hinein. „Was ist pa..." die Worte blieben ihm im Halse stecken als er Kraus erblickte. Dieser lag mittlerweile in seinem eigenen Erbrochenen auf dem Boden und wand sich vor Schmerzen. Krupp und Schulze waren mit der Situation überfordert und standen regungslos da. Kraus schüttelte sich und schrie gellend auf. Den Verband hatte er sich längst heruntergerissen. Alles, was noch an die gestrige Verletzung erinnerte waren die Fäden, die immer noch in seiner schon verheilten Brust steckten. Krupp fasste sich wieder und griff nach seiner Pistole, Schulze konnte es noch immer nicht richtig fassen. Dem am Boden liegenden Kraus sprossen immer mehr Haare am Rücken, im Gesicht, an den Armen. Sein Körper gab knackende Geräusche von sich, so als ob er gerädert würde. Seine Finger wurden zu langen Klauen. Als die Transformation endlich vorbei war, lag der verwandelte Kraus schnaufend am Boden. Er blickte an sich herunter und konnte kaum glauben, in was er sich verwandelt hatte. Als er sich vor einigen Wochen freiwillig für diese Expeditionstruppe meldete dachte er, er könne damit dem langweilen Alltag als Nachschubsoldat in einem Munitionslager entgehen. Dabei kam ihm zugute, dass er ein ausgesprochenes Talent für das Schreiben hatte. Endlich könnte er etwas aus seinem

Leben machen, dachte er sich als er sich für dieses
Abenteuer meldete. Niemals dachte er, dass er sich
in ein Ungeheuer verwandeln würde. Seine Verzweiflung entlud sich in einem durch Mark und
Bein fahrenden Schrei. „Verwandeln sie mich endlich zurück!", fauchte er zu Schulze. „Das geht leider
nicht. Haben sie Schmerzen?" „ Keine Schmerzen,
nur ein Pochen im Schädel" „Das wird sich bald
wieder legen. Gibt es Veränderungen in ihrer Wahr-
nehmung?" In diesem Moment wurde sich Kraus
auf unangenehme Weise bewusst, dass dem so war.
Der Geruch seines eigenen Erbrochenen stach in
seine Nase und brannte ihn in den Lungen. Er
konnte Schulzes Herzschlag hören, der etwas nervö-
ser war als der von Krupp. Er antwortete „Ja, sehe,
rieche und höre besser…..es ist zu viel, alles dreht
sich", dann erbrach er erneut. Sie traten aus dem
Zelt und Kraus schrie auf. Weil er besser sehen
konnte nahm er auch viel mehr Licht wahr. In mehr
als 300 Metern Entfernung nahm er ein pulsierendes
Flackern wahr. Schulze fragte irgendetwas, aber
Kraus konzentrierte sich nur auf das lebhafte Flackern. Sein Herz begann zu rasen. Das Flackern rief
nach ihm. Er rannte plötzlich und mit übermenschli-
cher Geschwindigkeit auf das Flackern zu. Die Anderen riefen ihm hinterher, aber Kraus reagierte
nicht. Nach 10 Minuten kehrte er blutverschmiert
und keuchend zurück und legt sich hin. Als er nach
kurzer Zeit wieder aufwachte fragte ihn Schulze,
was da eben vorgefallen sei. „Ich kann es auch nicht
richtig erklären…Ich sah dieses Flackern, zu dem ich

unbedingt wollte. Ich wurde so hungrig. Dann sah ich eine Hirschkuh. Das seltsame Flackern ging von ihr aus, es war ihr Herzschlag. Ich jagte die Kuh und frass sie auf." „Der Herzschlag hat wahrscheinlich eine Schwingung produziert, die dann die Atmosphäre um die Kuh herum in Bewegung versetzt hat…Sehen sie sonst noch Dinge, die sie als normaler Mensch nicht sahen?" fragte Schulze. „Nein, aber ich sehe alles viel deutlicher und die Farben sind viel intensiver, alles scheint zu vibrieren. Haben sie etwas gegen die Kopfschmerzen, Doktor?" Schulze gab ihm ein Schmerzmittel in geringer Dosis. Kraus wurde müder und müder. Als er eingeschlafen war kamen die restlichen Mitglieder der Truppe zum Lager zurück und traten ins Zelt. Als sie den transformierten Kraus sahen zogen alle ihre Waffen. „Nicht schiessen, ihr Deppen! Das ist Kraus! Er hat sich in das da verwandelt!" rief Krupp. Er schickte seine Leute zum Feuer machen damit sie ihn mit ihren Fragen in Ruhe liessen. Kraus erwachte wieder. Der Doktor trat sofort zu ihm hin und fragte, ob er sich besser fühle. "Ja, aber der Schädel brummt schon noch etwas." „Sind sie damit einverstanden, wenn ich sie mit in mein Labor nehme um einige Tests mit ihnen durchzuführen?" fragte Schulze ohne Umschweife. „Was denn für Tests?" „ Nun, das Ziel dieser Mission war, herauszufinden wie man zu einem Werwolf wird. Dies ist wichtig für uns, weil wir unsere Soldaten unbedingt mit deren Kräften versehen wollen. Und jetzt wurden sie ja gebissen, das heisst, dass wir diese nomadisierenden Werwölfe nicht mehr brauchen. Ich würde ihnen dann in meinem Labor Blut abnehmen und daraus ein Serum herstellen mit dem ich auch andere Soldaten mit ihren Kräften versehen könnte. Ich müsste sie auch detaillierter über ihren Zustand befragen und ihre neuen Fähigkeiten austesten. Vorausgesetz natürlich dass sie daran interessiert sind." Kraus überlegte eine Weile. *Jetzt bin ich ja schon ein Werwolf,* dachte er bei sich. *Dann kann ich ja etwas damit anfangen und meinem Land helfen den Krieg zu gewinnen. Ich könnte an etwas Grossem teilhaben. Und bis jetzt hat sich der Doktor als vertrauenswürdig erwiesen. Vielleicht kann er mir helfen, mit meinen neuen Fähigkeiten umzugehen.* In Kraus Überlegungen mischte sich zudem noch seine Abenteuerlust, die ihn schon dazu gebracht hat, überhaupt bei der Expedition mitzumachen. Schliesslich willigte er ein, sich von Schulze untersuchen zu lassen.

Ausbildung zum Werwolf

Seit der Expedition waren schon einige Wochen vergangen. Der Sommer rückte immer näher, die Natur entfaltete sich unaufhaltsam. Kraus, Schulze und ein Team aus Sanitätern und Wachsoldaten zogen sich jedoch in ein geheimes Labor in einem Bunker im Schwarzwald zurück um die Werwolf-Kräfte auszuloten. Der Teil des Bunkers, der aus dem Boden herausschaute war so gross wie ein Haus. Die Betonwände wurden Aussen braun angestrichen, sodass sie aussahen wie die Wände eines Schuppens. Die

Waldstrasse, die zum Bunker führte, war verschlungen und zweigte sich mehrmals ab. Hohe Bäume mit ausladenden Kronen wurzelten in der Nähe des Bunkers. Auf den ersten Blick wirkte die Anlage idyllisch wie ein Ferienhaus. Doch bei näherem Hinsehen bemerkte man die Schiessscharten, aus denen Maschinengewehrläufe wie stechende Augen hinausstarrten. Die Eisentür, die mit freundlicher, grüner Farbe bestrichen war, gab jedes Mal ein langgezogenes Quietschen von sich, wenn sie geöffnet wurde. Im überirdischen Teil des Bunkers waren die Wachsoldaten stationiert. Das eigentliche Geschehen spielte sich tief unter der Erde ab. Kraus absolvierte nach seiner Ankunft viele Tests, vor allem was Kraft und Ausdauer anbelangte. Er musste jeden Test zweimal machen, einmal als gewöhnlicher Mensch, und einmal als Werwolf. In beiden Gestalten hob er Gewichte, rannte in der Mehrzweckhalle Runde um Runde und sprang soweit und so hoch er konnte. Mit seinen neuen Kräften konnte er mehr als das Doppelte stemmen und mehr als dreimal so lange laufen. Als Mensch waren seine sportlichen Leistungen mittelmässig, doch als Werwolf waren sie ausgezeichnet. Auch seine Selbstheilungskräfte hatten sich enorm verbessert. Ebenso waren seine Sinne geschärft. Feinde konnte er aus grosser Entfernung wittern. Kraus lernte auch innert kürzester Zeit, sich bewusst zu transformieren. Er musste sich nur an den unbändigen Kraftrausch erinnern, den er als Werwolf erlebte, sich vergegenwärtigen was ihm dieser Zustand für Möglichkeiten eröffnet, und schon begann er sich zu verwandeln. Schulze brachte die Transformation in einen Werwolf mit der Ausschüttung eines körpereigenen Botenstoffes in Verbindung, der bei starken Emotionen produziert wird. Dieser Stoff, der den Körper normalerweise auf eine Kampf oder Fluchtsituation vorbereitet, war der chemische Auslöser der Verwandlung in einen Werwolf. Die Verwandlung würde also automatisch bei Angst oder Aggressivität einsetzen, konnte aber auch bewusst durch Vergegenwärtigung herbeigeführt werden.

Kraus, der seine neuen Fähigkeiten genoss, fühlte sich wie ein kraftstrotzender Halbgott. Zwar litten seine Tugenden wie Geduld und Selbstbeherrschung darunter, aber Schulze meinte immer, er werde seine neue Kraft schon noch zu zügeln lernen. Als Werwolf war Kraus, der sonst ein bedächtiger Mensch war, sehr impulsiv. Als der Doktor ihn einmal als Test seiner Geduld Kichererbsen zählen liess, rastete Kraus aus. Er versuchte zuerst, die Hülsenfrüchte zu zählen, doch nach der zehnten Erbse ging ihm alles nur noch auf die Nerven. Schon zuvor hatte ihm die Aufgabe nicht gepasst. Doch nach dem er nur Einige gezählt hatte war sein Ärger so gross, dass er etwas zerstören musste um sich abzureagieren. Er zerquetschte die noch vollen Dosen mit einer solchen Kraft, dass die Kichererbsen den ganzen Raum bespritzten. Danach schlug er den Holztisch klein. Schulze versuchte ihm gut zuzureden. „Lassen sie sich ruhig Zeit, sie können auch von vorne anfangen, wenn sie sich verzählt haben….."

hat Schulze zu seinem rasenden Zögling gesagt, aber er hat nicht reagiert. Nachdem Kraus auch die Regale in dem Zimmer umgeworfen hatte, sah Schulze keine andere Wahl mehr als in die Pfeife zu blasen, die er immer griffbereit hatte. Der hohe Ton fuhr Kraus durch Mark und Bein, er hielt sich die Ohren zu und wand sich auf dem Boden. Der Doktor träufelte ihm ein Beruhigungsmittel auf Opiumbasis auf die Lippen. Als Kraus sich beruhigt hatte, verwandelte er sich wieder zurück in einen Menschen. Er lag nun verkrümmt und nass vor Schweiss auf dem Boden und schlief felsenfest. Schulze liess ihn von den Wachsoldaten, die während des gesamten Experiments vor der Tür warteten, auf sein Zimmer bringen. Der Doktor selbst zog sich in sein Arbeitszimmer zurück um über den Versuch mit den Kichererbsen nachzudenken. Er setzte sich an seinen Schreibtisch und zog aus einer Schublade ein Notizbuch hervor, in welches er seine Gedanken niederschrieb: *Um die Geduld und die seelische Ausdauer des Freiwilligen zu testen liess ich ihn Kichererbsen abzählen. Diese Aufgabe war geistig anstrengend für den Patienten, der mir einst anvertraute, Kichererbsen seit seiner Kindheit nicht ausstehen zu können. Zudem platzierte ich die Dosen mit Kichererbsen genau vor ihm auf dem Tisch, er musste sich also ansehen, was für ein Berg Arbeit noch vor ihm lag. Auch die grundsätzliche Sinnlosigkeit des Zählens von Kichererbsen wurde absichtlich gewählt um die seelische Strapazierfähigkeit im Bereich Geduld und Ausdauer zu testen. Es erwies sich als Misserfolg, der Freiwillige konnte nur 10 Kichererbsen zählen, und das*

*unter sichtbarer Anstrengung. Die letzten drei Erbsen
hat er zwischen den Fingern zerrieben, dann hat er angefangen die Dosen zu zerquetschen und die Möbel zu zerstören. Nur mit der Hundepfeife konnte ich ihn aufhalten.
Es scheint, als ob der Freiwillige im lykanthropischen Zustand einfach zu viel Kraft in sich hat. Diese Kraft muss
sich abreagieren können, sonst vergiftet sie ihren Träger.
Einsätze, die ein langes Ausharren oder Warten voraus-
setzen, können für die Werwölfe nicht in Frage kommen.
Sie würden früher oder später die Geduld verlieren und
ausrasten. Dies würde den Auftrag und die Wolfskrieger
selbst gefährden. Ein letzter Versuch wäre, Kraus im
menschlichen Normalzustand Entspannungsübungen
beizubringen, die er dann auch als Werwolf anwenden
kann. Der Werwolfseite seines Ichs kann ich es nicht direkt abverlangen, still zu sitzen und ruhig zu werden.*

Am nächsten Tag stand Kraus erst nachmittags auf.
Der Doktor liess ihn ausschlafen damit er zu Kräften
kommen konnte. Er genoss ein leichtes, verspätetes
Frühstück. Schulze liess sich berichten dass Kraus
nun aufgestanden ist. Der Doktor ging zu Kraus an
den Frühstückstisch im Speisesaal. Er grüsste ihn
freundlich und sagte: " Heute werde ich ihnen zeigen, wie sie sich besser entspannen können. Erinnern sie sich noch gut an den gestrigen Tag? Ja?
Dann wissen sie ja dass es mit dem Test nicht so gut
gelaufen ist. Es scheint so, als ob sie als Werwolf einfach zu viel Kraft haben, um für längere Zeit still zu
sitzen. Darum möchte ich ihnen helfen, innerlich ruhig zu werden. Dazu müssen sie sich auch nicht verwandeln. Ich möchte ihnen die Übungen im Normalzustand zeigen, vielleicht können sie sich dann

auch als Wolfsmensch noch daran erinnern. Kommen sie doch einfach in mein Arbeitszimmer wenn sie mit dem Frühstück fertig sind."

Kraus, der sich von seinem Opiumschlaf erholt hatte und durch das Frühstück gestärkt war, ging zum Büro des Doktors. Er klopfte an, Schulze liess ihn eintreten und sich hinsetzten. „Ich habe mir für sie einige Entspannungsübungen ausgedacht. Vieles von dem was ich ihnen erzähle werden sie schon kennen. Um sich innerlich zu entspannen, ist auch die äusserliche Haltung wichtig. Wenn sie sitzen, können sie die Hände einfach auf ihren Oberschenkeln platzieren, so wie ich es vormache. Dann ist wichtig, dass der Nacken nicht verspannt ist. Kreisen sie etwas mit den Schultern. Gut. Nun bemerken sie vielleicht, dass ihnen lauter Gedanken in den Sinn kommen. Diese sind jetzt aber nicht wichtig. Versuchen sie, sich auf ihren Körper zu konzentrieren. Die Gedanken sind nebensächlich. Nun verharren wir eine Weile auf diese Weise...." Der Doktor und sein Schüler sassen sich für eine Minute schweigend gegenüber, die Blicke hatten sie gesenkt. Zuerst empfand Kraus das Vorangehen der Zeit als träge, doch dann legte er diesen ungeduldigen Gedanken beiseite. Sein Kopf wurde leer, aber er war vollkommen wach, nicht beduselt oder müde. Kraus bemerkte die Zeit nicht mehr in ihrem Voranschreiten. Schulze hob den Kopf und begann mit den Schultern zu kreisen. Kraus tat es ihm gleich. „Und, hat ihnen diese Übung etwas gebracht? Kamen sie zur Ruhe?" fragte der Doktor. „Zuerst fand ich es langweilig, nur dazusitzen und nichts zu tun. Aber dann habe ich meine Gedanken zur Seite gestellt und konnte mich dadurch gut entspannen. Es war ähnlich wie früher in der Kirche, beim Gottesdienst. Aber auch zuhause legte ich früher oft kurze Ruhezeiten ein, die ähnlich waren wie diese heute. Mir gefiel es immer, Momente nur für mich selbst zu haben." Antwortete Kraus. „Ich habe mir schon gedacht, dass sie solche Erfahrungen gemacht haben. Darum haben sie sich heute auch so schnell entspannen können. Es wäre gut, wenn sie sich jeweils morgens und abends eine solche Ruhezeit einrichten könnten. Vielleicht können sie dann die Fähigkeit zur Entspannung auch als Werwolf nutzen. Dazu müssen sie natürlich viel üben. Ich werde sie in etwa einer Woche noch einmal in mein Büro bitten um mich zu erkundigen, wie es ihnen mit den Übungen ergeht. Haben sie noch Fragen? Nein? Dann haben sie jetzt Zeit zur freien Verfügung."

Den Rest des Tages verbrachte Kraus damit, im Wald spazieren zu gehen. Er trug dabei seine einfache, feldgraue Wehrmachtsuniform. Während er durch den Wald streifte, dachte er über die Übungen nach die Schulze ihm gezeigt hatte. *Wie kann ich bloss als Werwolf diese Übungen anwenden? In diesem Zustand habe ich viel zu viel Kraft, die muss ich loswerden können……Wie um alles in der Welt soll ich Ruhe und Raserei zusammenbringen? Ich muss die Übungen regelmässig machen so wie Schulze es gesagt hat…. Dann wird sich die Ruhe in meinem Inneren festigen, und viel-*

leicht werde ich sie dann auch als Werwolf noch ha-
*ben…..*Der Waldboden unter Kraus Füssen war
weich. Es hatte in den letzten Tagen wahrscheinlich
oft geregnet, aber Kraus hat in seinem Bunker nichts
davon mitbekommen. Seine Gedanken, die um die
Verbindung von Ruhe und Raserei kreisten, verflogen. Er richtete seine Aufmerksamkeit auf eine
Weinbergschnecke, die über den Boden kroch. Er
hob sie auf und betrachtete sie. Sie wand sich zwischen seinen Fingern, ihre Fühler streckten sich, als
ob sie einen Orientierungspunkt suchte. Kraus
spielte mit dem Gedanken, die Schnecke zwischen
seinen Fingern zu zerquetschen. Er stellte sich das
Knacken des Panzers vor und wie sich die Schnecke
in ihrem Überlebenskampf windet, den sie nur verlieren kann. Kraus bemerkte ein Kribbeln auf der
Haut, das die Transformation ankündigte. Es
stammte von den borstigen Haaren, die sein Körper
spriessen liess. Er fühlte die rohe, körperliche Kraft
aus der Tiefe seiner Eingeweide hinaufsteigen. Es
fühlte sich gut an. Die Vorstellung, die Schnecke zu
zerquetschen hat Kraus` Transformation eingeleitet,
seine Gedanken und Gefühle wirkten sich in seinem
Körper aus. Er blickte erneut auf die Schnecke, die
sich langstreckte, so als ob sie fliehen wollte. Kraus
spürte, wie sich Mitleid mit dem Tier in ihm regte.
Er entschied, die unbedeutende Schnecke leben zu
lassen. Die Haare hörten zu spriessen auf, das Kribbeln verschwand. Er legte die unbeschadete Schnecke auf den Boden und kehrte zum Bunker zurück.
Über mehrere Tage meditierte Kraus regelmässig im

Verlauf des Vor- und Nachmittags. Die Entspannungsübungen wirkten sich gut auf seinen inneren
Zustand aus. Auch als Werwolf fand er zu mehr
Ruhe. Er wiederholte den Test mit den Kichererbsen
mit mehr Erfolg. Drei Dosen konnte er durchzählen,
bis er keine Geduld mehr hatte. Der Doktor war mit
dieser Leistung ebenso zufrieden wie Kraus. Am
Abend jenes Tages ging Kraus früh zu Bett. Er fühlte
sich, als ob sich eine Erkältung anbahnen würde.
Während er schlief, ging der Vollmond auf. Um Mit-
ternacht stand er am höchsten Punkt. Kraus` Schlaf
wurde unruhig. Verschwitzt lag er auf dem Bett.
Seine Decke war heruntergerutscht. Seine Körperbe-
haarung wurde immer dichter. Er zuckte im Schlaf
mehrmals zusammen, als er sich unfreiwillig in einen Wolfsmenschen verwandelte. Als die Verwandlung abgeschlossen war, öffnete er die gelben Augen. Er erhob sich und trat aus seinem Zimmer in
den Flur hinaus. Er trug nur eine beige Unterhose,
die bis knapp unter die Knie reichte. Doch die nächtliche Kühle störte ihn nicht. Er befand sich in einem
Dämmerzustand. Gemächlich ging er die Treppe
hoch und trat ins Freie. Als er den Vollmond erblickte, schien dieser seine Kräfte zu nähren. Kraus
steigerte sich immer mehr in eine wütende Raserei
hinein. Er rannte vom Blutrausch entfacht durch den
Wald. Doch seine Raserei wurde durch das Rennen
noch gesteigert. Als er den Wald durchquert hatte
lag ein weites Tal vor ihm. Eine Wiese breitete sich
in dem Tal aus. Weiter im Inneren des Tals, am
Fusse des Hügels nahm er ein einsames Bauernhaus

wahr, in dessen Nähe eine Scheune stand. Im oberen Stock der Scheune leuchtete ein schwaches Licht. Kraus fühlte sich davon angezogen. Er rannte über die Wiese zur Scheune hin.

Der Besitzer des abgelegenen Hofs hatte es sich mit seiner Magd im Obergeschoss der Scheune gemütlich gemacht. Sie lagen zusammen im Heu. Neben ihnen hatte der Bauer eine Öllampe aufgestellt, die ein schummriges Licht von sich gab. Gerade als der Bauer seiner Leidenschaft freien Lauf lassen wollte, trat jemand die Tür der Scheune ein. Schwere Schritte erklangen in der Scheune. Der Bauer sah, wie die Leiter wackelte, die zu ihm und seiner Magd hinauf führte. Die Sprossen knarrten unter dem Gewicht des ungebetenen Besuchers. Haarige Klauenhände griffen nach der obersten Sprosse, die der Bauer gerade noch erblicken konnte. Ein haariger Kopf tauchte auf. Die rasenden, gelben Augen bohrten sich in das Gehirn des Bauern, der wie gelähmt über seiner Magd kniete. Die Bestie stieg auf den Zwischenboden, wo das Heu lagerte. Mit zwei Sprüngen war das Monster bei seiner Beute. Blutbefleckt verliess Kraus die Scheune. Teile seiner Beute hatte er verschlungen. Doch sein Blutrausch war noch nicht gestillt. Er trat zum Wohnhaus neben der Scheune. Die Bäuerin trat gerade in ihrem Nachthemd heraus, als Kraus die Tür einschlagen wollte. Ihre Kinder waren ihr gefolgt. Vor ihnen stand eine wütende Bestie, von deren Fell das Blut der letzten Opfer heruntertropfte. Kraus starrte die Frau eine Weile an. Er bemerkte das Kreuz, das die

Frau um den Hals trug. Von der Macht des Kreuzes
und der entwaffnenden Unschuld der Frau überwäl-
tig liess Kraus von ihnen ab. Er rannte zurück in den
Wald und hinterliess die Bauersfrau und ihre Kinder mit dem grössten Schock ihres Lebens.
Als Kraus nach seinem Blutbad durch den Wald
rannte steigerte sich seine Raserei ins unermessliche.
Sein Herz zersprang beinahe, sein Blickfeld wurde
von einem pochenden, roten Rand umgeben. Sein
Gehör versagte, er nahm nur noch das dumpfe Rau-
schen des Blutes in seinem Kopf wahr. Es war zu
viel für ihn. Er fühlte sich auf einmal schwindlig, alles drehte sich. Als er nach wenigen Sekunden wieder klarer wurde, erkannte er vor sich eine haarige,
bluttriefende Gestalt. Kraus begriff, dass er seinen
Körper verlassen hatte. Er fühlte sich ganz leicht,
wie ein Nebelgebilde. Die Gestalt vor ihm stand nur
da und regte sich nicht. Als sie zusammenbrach,
wurde es nach und nach auch vor Kraus nichtkör-
perlichen Augen schwarz.
Am nächsten Morgen schickte Schulze seine Wachsoldaten aus um nach Kraus zu suchen. Sie fanden
ihn sechs Kilometer vom Bunker entfernt im Wald
liegen. Er trug nur eine beige Unterhose. Sein Körper war mit Blut und Schweiss bedeckt. Kraus war
nicht ansprechbar. Die Soldaten legten ihn auf eine
Bahre und trugen ihn zum Bunker zurück.
Schulze liess Kraus gründlich waschen und auf sein
Zimmer bringen. Er kontrollierte die Vitalwerte seines Patienten. Es war alles im normalen Bereich.
Kraus war sogar ansprechbar, wenn auch nur für

kurze Zeit. Schulze erfuhr von seinem nächtlichen Gemetzel. Was ihn aber noch mehr interessierte war die Erfahrung die Kraus zum Schluss seiner Raserei erlebt hatte. Er wollte ihn unbedingt genauer darüber ausfragen, wie das vor sich ging als er seinen Körper verlassen hatte.

Inzwischen war es Nachmittag. Kraus hatte sich ausgeschlafen. Er war immer noch geschwächt, konnte aber bis zum Speisesaal gehen wo er etwas Rinderbrühe zu sich nahm. Schulze trat zu ihm und erkundigte sich nach seinem Zustand. Kraus erzählte von sich aus von seiner ausserkörperlichen Erfahrung. Schulze hörte gespannt zu. Als er nach dem Gespräch wieder in sein Arbeitszimmer zurückgekehrt war stapelte er alle Bücher zur Parapsychologie die er besass auf seinen Schreibtisch. Den Rest des Nachmittags arbeitete er sich in diese Thematik ein. Am späten Abend notierte er seine Erkenntnisse in sein braunes Notizbuch: *Die ausserkörperliche Erfahrung, die Kraus letzte Nacht erlebte, ist auf die extreme körperliche Belastung der Verwandlung zurückzuführen, die durch den Vollmond ausgelöst wurde. Es schien als ob sein gesamter Organismus in kurzer Zeit derart überstrapaziert wurde, dass seine Psyche ihren Körper verliess. Aus der Fachliteratur ist bekannt, dass nach mehreren solchen Erfahrungen die Fähigkeit einer bewussten Steuerung derselben erreicht werden kann. Das heisst, wenn Kraus bei Vollmond immer eine solche Verwandlung erlebt kann es sein, dass er im Laufe der Zeit lernt, bewusst seinen Körper zu verlassen. Weiterhin besteht die Möglichkeit, dass sich noch andere Fähigkeiten*

entwickeln, etwa die Bi-Lokation, Telepathie oder Teleki-nese. Eigentlich ist es ein ganz gewöhnlicher Lernprozess. Die Möglichkeit zu paranormalen Fähigkeiten muss durch ein extremes Ereignis in die Realität umgesetzt werden. Man könnte diese Fähigkeit auch im Krieg benut-zen, vielleicht zur Spionage.
Schulze legte sich vom Studium ermüdet hin und schlief ein.

Es waren einige Tage seit dem Vollmond vergangen. Kraus hatte sich vollkommen erholt. Er verbrachte seine Tage mit sportlicher Betätigung, Wanderun-gen und Gesprächen mit dem Bunkerpersonal. Nach den aufreibenden Tests und dem strapazierenden Vollmonderlebnis genoss er nun seinen Müssig-gang. Nun war es Schulze, der in Bedrängnis geriet. Er sass in seinem weissen Laborkittel in seinem Ar-beitszimmer und zermarterte sich den Kopf. Die Weise der Übertragung der Infektion, die einen Menschen in einen Werwolf verwandelte, bereitete ihm allerdings Kopfzerbrechen. Er untersuchte Kraus` Blut und konnte nichts Ungewöhnliches fest-stellen. Bisher war er davon ausgegangen, dass er das Serum aus Blut gewinnen kann, schliesslich werden die meisten Botenstoffe über das Blut trans-portiert. Ihm kam die Lösung in den Sinn als er ei-nes Tages bei einer Untersuchung beiläufig Kraus Narben sah, unter denen auch eine verheilte Biss-wunde war. *Vielleicht war es der Speichel, der durch den Biss übertragen wurde, der Kraus infizierte!* Es wäre möglich, dass die Übertragung über den Speichel abläuft und nicht über das Blut, wie er angenommen hatte. Schulze hatte den Fehler gemacht, dass er zu sehr auf seine eigene Theorie der Übertragung fixiert war und nicht davon ausging, wie die Ansteckung im realen Leben abläuft. Er injizierte ein Präparat aus Kraus Speichel in eine Ratte. Zuerst dachte er, dass es doch nicht funktioniert, doch nach einem Tag zeigte die Ratte schon Anzeichen einer Verwandlung. Sie war grösser und hatte ein viel borstigeres Fell. Schulze war also an seinem Ziel angelangt! Er hatte endlich sein Werwolf-Serum! Bevor er die weiteren Schritte seines Projekts einleitete, wollte er seinen Erfolg feiern. Er lud die ganze Belegschaft des Labors zu einem festlichen Abendessen im Speisesaal des Bunkers ein. Bevor der Doktor zum Festessen ging, badete er ausgiebig und zog seine Galauniform an. Danach streifte er allein durch sein Labor. Hier arbeitete er seit Wochen in aufreibender Arbeit auf seinen grössten Erfolg hin. Er trat zum Käfig mit der infizierten Ratte. Es sah aus, als würde sie schlafen. Er rüttelte etwas am Käfig, aber die Ratte reagierte nicht. Behutsam öffnete er den Käfig und stupste die Ratte an. Sie gab kein Lebenszeichen von sich, etwas Blut tropfte ihr aus der Nase. Schulze nahm das tote Tier in die Hand und hielt es näher ans Licht. Er sah, dass der kleine Schädel eingedrückt war. Die Ratte wurde vor lauter Kraft wahnsinnig und zertrümmerte sich selbst den Schädel an ihrem Käfig. Der Doktor schuf die Ratte schnell weg. Ein Blick auf die Uhr zeigte ihm dass er schon etwas zu spät zum Festessen kommen würde. Schnell eilte er zum Speisesaal, wo Kraus und die Anderen ihn schon mit einem Lächeln erwarteten.

Rekrutierung der Werwöfe

Am nächsten Morgen machte er sich daran, Freiwillige anzuwerben. Er bekam von ganz oben die Anweisung, alles geheim zu halten und nur so viel wie nötig über das Projekt zu erzählen. Eigentlich wollte Schulze nur Soldaten aus der Wehrmacht oder der SS. Aus diesen Abteilungen meldeten sich aber kaum Freiwillige. Vor allem die SS Soldaten schienen sich schon für die besten Krieger zu halten, sie brauchen keine Leistungssteigerung mehr weil sie den Höhepunkt körperlicher Tüchtigkeit schon erreicht hatten. Es meldeten sich ein paar einzelne Wehrmachtsoldaten, aber auch bei ihnen konnte er keine nennenswerte Truppe anwerben. Also fühlte sich Schulze gezwungen, in den Irrenanstalten und Zuchthäusern nach Freiwilligen zu suchen. Aus diesen Institutionen meldeten sich etliche Freiwillige. Nicht zuletzt, weil er ihnen gesellschaftlichen Aufstieg und einen hohen Sold versprach. Schulze liess die Freiwilligen möglichst unauffällig mit Privatautos zu seinem Bunker bringen. Es waren an die Hundert Männer, die sich für dieses Projekt gemeldet hatten. Ein grosser Teil von ihnen waren Wilddiebe aus dem Zuchthaus, Sittenstrolche und Arbeitsverweigerer. Der kleinere Teil von ihnen bestand aus Wehrmachtssoldaten in ziemlich bescheidenen Positionen.

Schulze musterte die bunt zusammengewürfelte Division die sich in Reih und Glied in der Mehrzweckhalle aufgestellt hatte. Es war ein uneinheitliches Bild, das sich ihm bot: es gab kleine Männer, grosse, dicke und dünne. *Und dann diese Gesichter !*, dachte sich Schulze. Breite, häufig asymmetrische Gesichter, stumpfe Nasen, Hakennasen, da ein vorspringendes Kinn, hier eine fliehende Stirn. Obwohl Schulze die SS Leute oft zu protzig und arrogant fand, hätte er sich doch eine Division gewünscht, die mehr darstellen würde und der SS ähnlicher war. Er wünschte sich etwas Elitäres. Aber wenn er keine anderen Freiwilligen fand, musste er sich eben mit dieser illustren Gesellschaft abfinden. Nachdem Schulze seine Rekruten also gemustert hatte, suchte er sich einen Freiwilligen aus um ihm das Serum zu injizieren. Er wählte Kunz als Testperson. Kunz war ein kleiner Kerl, der schnell an die Decke ging und immer herumnörgelte. Schon bei seiner Ankunft hatte er sich in völlig überspannter Weise darüber beschwert, dass er in einem Bunker untergebracht wird. Der Wachsoldat, der die Aufgabe hatte, die Neuankömmlinge in die Mehrzweckhalle zu geleiten reagierte nicht auf Kunz und seine Bemerkungen und ging einfach schneller. Dr. Schulze ging mit seinem Freiwilligen in sein Arbeitszimmer um ihm das Serum zu injizieren. Vor dem Labor waren zwei leicht bewaffnete Wachposten stationiert. Der Doktor spritzte Kunz das Mittel das ihn in einen Werwolf verwandeln wird. Natürlich hat er vor den anderen Freiwilligen erklärt, er suche einen Freiwilligen um ein leistungssteigerndes Mittel zu testen. Dass sie sich dabei in eine haarige Bestie verwandeln hat er jedoch verschwiegen. Er wollte eine zu grosse Aufregung vermeiden. Um sich vor möglichen Angriffen des verwandelten Freiwilligen zu schützen, hatte Schulze die Pfeife dabei die einen extrem hohen Ton von sich gibt. Menschen können diesen Ton nicht hören, aber Wölfe kann man mit diesem Geräusch in die Flucht schlagen. Schulze wartete ab was passierte, die Pfeife griffbereit. Zuerst weiteten sich Kunz` Augen, er schaute an sich herunter und reagierte als ob er von innen heraus verbrennen würde. Er zuckte wild zusammen und wand sich auf dem Stuhl. Haare sprossen in seinem Gesicht, er sprang auf und rannte aus dem Labor. Als er bei den Wachen ankam, hatte er sich schon vollständig verwandelt. Die Wachen waren zu erstaunt um auf Kunz zu reagieren. Dieser schrie höllisch laut auf, griff sich die Pistole eines Wachen und schoss sich selbst in den Kopf. Schulze kam mit der Pfeife zwischen den Lippen aus dem Labor und guckte erstaunt als er Kunz, dessen zerrissenes Gesicht er nicht wiedererkannte, auf dem Boden liegen sah. Er schluckte einmal schwer, dann meinte er „Das war wohl zu viel für ihn. Schaffen sie ihn doch raus und beerdigen ihn im Wald." Schulze erinnerte sich sofort an die Ratte, die sich selbst den Kopf einschlug. *Vielleicht war Kraus ein Einzelfall? Einer der Wenigen, die mit der Verwandlung umgehen konnten?*

Nein, das darf nicht wahr sein!, dachte sich der Doktor. *Es muss funktionieren. Kunz ist der Einzelfall gewesen, nicht Kraus.* Schulze betrachtete noch eine Weile die blutbespritze Wand an der auch Hirnmasse und Knochensplitter klebten. Dann wandte er sich schnaubend ab und ging wieder in sein Labor, um Kunz` Akte zu studieren. Er setzte sich an seinen Schreibtisch und zog aus einer Schublade eine braune Mappe hervor. Es war Kunz` Krankenakte. Schulze überflog die Seiten und blieb bei einem Bericht eines Psychiaters hängen : "…….das aufmüpfige, unangenehme und überspannte Verhalten des Patienten K., sowie die darunterliegenden Minderwertigkeitsgefühle, lassen sich nicht behandeln…….., abgesehen davon, dass K. nicht die nötige Intelligenz mitbringt, um eine Therapie erfolgreich zu durchlaufen ist sein Selbsthass zu sehr in seinem Personenkern verankert………. Um die Unerträglichkeit seiner Selbst zu kompensieren, schien sich der Patient über die Jahre angewöhnt zu haben, für andere ebenso unerträglich zu sein wie für sich selbst….." *Also war es Kunz kaputte Seele, die ihn in der Verbindung mit der Verwandlung in den Selbstmord trieb*, dachte sich Schulze. Der Freiwillige war innerlich zu schwach, um die Transformation zu überstehen. Die Umwandlung scheint auch psychische Kräfte zu wecken, die im Alltag nicht benutzt werden und darum in die Tiefe der Seele hinabsinken. Nun hatte Kunz all seine Minderwertigkeitsgefühle und seinen Selbsthass in diese Tiefe hinabgedrängt.

Offenbar drängten sich, neben den seelischen Ur-
kräften, auch die negativen Gefühle wieder nach
oben. Kunz, der sich nach aussen hin aufmüpfig
und aggressiv gab, setzte sich nie mit seinen Gefüh-
len der Minderwertigkeit auseinander und wurde
schliesslich von ihnen übermannt, als sie sich durch
die Umwandlung in einen Werwolf zu seinem klaren Bewusstsein hinauf drängten. Schulze verglich
Kunz mit Krause, der die Transformation mit ange-
messenen Beschwerden überstand. Er notierte:
Kraus ist eine völlig andere Person als dieser Kunz. Er ist
viel bedächtiger, ruhiger, ist gern mit sich selbst allein.
Ich benötige Freiwillige, die sich mit sich selbst und ihren
schlechten Eigenschaften auseinandersetzen können und
keine Prahlhanse, die sich ständig aufspielen.
Der nächste Tag war viel erfolgreicher. Keiner der
Testpersonen hatte sich nach der Transformation
den halben Kopf weggeschossen. Unpassende Pro-
banden schied Dr. Schulze aus und liess sie dorthin
bringen wo sie hergekommen waren. Die meisten
von den Untauglichen wurden zurück in den
Reichsarbeitsdienst versetzt. Einige kehrten in die Irrenanstalten zurück aus denen sie gekommen waren. Jetzt gab es nur noch 70 angehende Werwolf-
Rekruten. Er transformierte zehn Freiwillige, welche
die Verwandlung mit den üblichen Komplikationen
überstanden. Kraus, der schon die meiste Erfahrung
als Werwolf hatte, übernahm sofort die ersten
Schritte der Grundausbildung nachdem sich die
Frischlinge einigermassen erholt hatten. Ein wichti-
ger Punkt dabei war die Kontrolle des Jagdinstinkts.

Zuerst klärte Kraus die Neuen darüber auf wie sie reagieren wenn ein Tier in ihrer Nähe ist. Er erklärte ihnen, dass sie den Herzschlag des Tieres wahrnehmen würden und dass in ihnen das Verlangen wachsen würde, das Tier zu reissen und zu fressen. Diesen Trieb müssen sie aber kontrollieren können, schliesslich wäre es in einem Einsatz unvorteilhaft, sich von so etwas ablenken zu lassen. „Ich werde jetzt mit euch rauf in den Wald gehen wo wir das üben werden. Falls jemand seinem Jagdinstinkt einfach so nachgibt, werdet ihr sehen was passiert!" sagte Kraus zu seinen Zöglingen, dann nahmen sie die Treppe, die nach oben führte. Kraus atmete tief ein als sie den Aufzug verliessen und in den Wald traten. Es waren einige Tage her, seit er an der frischen Luft war. Die Anderen folgten ihm nach draussen. Keiner von ihnen zeigte Anstalten auszubüxen und einem Wildtier nachzujagen. Alle liefen in einer lockeren Zweierkolonne durch den Wald. Plötzlich war ein leises Rascheln aus dem tieferen Wald zu vernehmen. Die Wölfe wurden unruhig. Kraus stopfte sich die Ohren mit Wachs zu. Er legte die Hundepfeife an die Lippen. Einer der Rekruten vergass offenbar die Lektion von vorhin und wollte, seinem Instinkt folgend, in den Wald rennen. Kraus pfiff kräftig in die Hundepfeife, die Anderen hielten sich die Ohren zu und jaulten laut auf. „Und genau das passiert wenn ihr euren Instinkt nicht kontrollieren könnt. Ihr seid bei einem Einsatz nichts Wert wenn ihr jedem Hasen nachrennt, der euch über den Weg hoppelt! Haben sie das verstanden, Schmitt?"

der am Boden kauernde Schmitt, der die Pfeiffaktion verursacht hatte, antwortete mit einem knappen "Jawohl, verstanden". „Das hoffe ich auch für sie. Wir werden jetzt nämlich unseren Waldspaziergang fortsetzen. Und wenn einer von euch denkt, er müsse irgendeinem Vieh nachjagen, dann wisst ihr ja jetzt was passiert." Er liess seinen kleinen Werwolf-Trupp weiter in einer Kolonne vor sich hin marschieren damit er genau sah, wenn jemand ausscheren wollte. Währenddessen dachte er daran, wie er selbst sich zum ersten Mal verwandelte. Und wie er das erste Mal jagte. Dabei wusste er noch nicht viel mit seinen Kräften anzufangen, er folgte einfach seinem Instinkt. Jetzt war er viel kontrollierter, er konnte seine Kraft voll ausschöpfen, aber auch dosiert damit umgehen wenn es sein musste. Seine Verwandlung eröffnete ihm eine derart neue Form des Seins, dass er das Gefühl hatte, dass die Zeit vor seiner Verwandlung Jahre zurückliegen würde. Sein früheres Dasein als normaler Mensch kam ihm blass und öde vor. Er erinnerte sich an seine Kindheit in seinem kleinbürgerlichen, protestantischen Elternhaus, an die Kirchenbesuche am Sonntag, die Schule und seine kaufmännische Lehre bei seinem Onkel. All das erschien ihm nun grau und mittelmässig zu sein. Die Erinnerungen an seine Rekrutierung und seine ersten Berührungen mit dem Nationalsozialismus waren schon etwas farbiger. Er wusste noch gut, wie er in der vielen freien Zeit als Nachschubsoldat Rosenberg`s „ Mythus des 20. Jahrhunderts" verschlang. Die Gedanken des Chefideologen der

Nazis schienen ihm viel interessanter als die alten christlichen Lehren, die er im Religionsunterricht gelernt hatte. Es schien ihm immer mehr, als ob mit seinem Kriegsdienst und insbesondere mit seiner Transformation in einen Werwolf das richtige Leben begann. Er war so in Gedanken versunken, dass er kaum bemerkte, wie sich Molke, ein ehemaliger Arbeitsverweigerer und Zuchthäusler, von der Gruppe entfernte, um ein Reh zu reissen. „Molke!" schrie Kraus, aber er bekam keine Reaktion. Der hohe Ton der Hundepfeife fuhr den Rekruten abermals durch Mark und Bein. Molke kam wieder zu sich und huschte schnell zurück in die Kolonne.

Wieder im Bunker angekommen gab es rohes Rinderfleisch zum Abendessen. Der Küchengehilfe brachte es in einem Trog und knallte jedem eine Portion auf den Tisch. "Wohl bekomm`s!" wünschte er und verschwand eilig in die Küche. Er schien von den Werwölfen gleichzeitig irritiert und fasziniert zu sein. Molke und Schmitt frassen besonders gierig. Kraus, der sie dabei beobachtete, fragte sich, wie es wohl mit diesen beiden Halunken herauskommen wird.

Nach einigen Wochen hatten alle Freiwilligen ihre Grundausbildung beendet. Selbst Molke und Schmitt schienen dazugelernt zu haben. Alle Rekruten konnten sich rasch verwandeln und sich gut beherrschen. Nach Abschluss der Ausbildung wurden die Rekruten mit richtigen Uniformen eingekleidet und mit einer Pistole bewaffnet. Gewehre erwiesen sich für den Einsatz als ungeeignet. Ein Werwolf muss sich frei bewegen könne, ein Gewehr würde nur stören. Die Werwolf-Division war ohnehin nicht dafür gedacht, auf dem Schlachtfeld zu kämpfen. Die Irritation der gewöhnlichen Mitsoldaten wäre zu gross. Die meisten von ihnen wären zu entsetzt, wenn sie einen Werwolf kämpfen sehen würden. Es war besser, dass diese Spezialtruppe geheim bleibt. So war auch der psychologische Effekt grösser. Ein Feind, den man nicht kennt und den es eigentlich gar nicht geben kann, ist furchteinflössender. Die eigentliche Aufgabe der Werwölfe bestand darin, feindliche Lager zu massakrieren, Sabotageakte zu vollziehen und Attentate auszuüben.

Die Rekruten wurden an der Pistole ausgebildet und im Überlebenstraining geschult. Jeder von ihnen war in der Lage, sich in der Wildnis zurechtzufinden, falls er vom Rest der Truppe abgeschnitten würde. Diesen Teil der Ausbildung übernahm ein Wehrmachtssoldat der schon einige Erfahrung darin hatte. Die Werwolf-Division entwickelte sich so innert kurzer Zeit zu einer schlagkräftigen Spezialeinheit.

Die Gemetzel

Inzwischen hatte der Sommer begonnen, die Natur entfaltete sich vollends. Die Werwolf-Division erwartete ungeduldig die Möglichkeit, ihre Kräfte auszutoben. Der erste Einsatz führte die Division in das ehemalige Polen, nahe an der deutschen Grenze. Ein kleines Kommando aus Rotarmisten hatte sich dort im Wald niedergelassen. Den Berichten eines Spitzels zufolge handelt es sich um ein Attentats-kommando, dessen Ziel die Ermordung Hitlers und der Führungselite war. Die Werwölfe hatten nun den Auftrag, die Russen zu finden und zu eliminieren. Es wurde eine kleine Schar aus der Division ausgewählt um diese Operation durchzuführen. Kraus hatte den Oberbefehl. Mit ihm dabei waren unter anderem Molke und Schmitt. Sie wurden von drei Kübelwagen beim Bunker abgeholt und zur östlichen Grenze gebracht. Sie trugen für diesen kleinen, aber wichtigen Auftrag Wanderkleidung um kein unnötiges Aufsehen zu erregen. Unbemerkt schlichen sie in der Abenddämmerung über die Grenze. Sie mussten noch einige Kilometer weit marschieren, um zum Waldrand zu gelangen, hinter dem sich der Feind versteckt hielt. Sie wussten auf zehn Kilometer genau wo sich die Russen aufhielten. Der einheimische Spitzel hatte sie relativ genau informiert. Die 12 Mann starke Mannschaft um Kraus durchkämmte den Wald nach einem Lagerfeuer oder einem ähnlichen Zeichen, das die Russen verraten könnte. Endlich erblickten sie in der Ferne das Flackern eines gemütlichen Feuers. "Deponiert eure Rucksäcke und verwandelt euch!" befahl Kraus. Die Soldaten sammelten sich innerlich. Jeder vergegenwärtigte die Erinnerung an die animalische Kraft, die sie durch ihre zahlreichen Verwandlungen erreichten. In den Innereien eines jeden breitete sich ein warmes Gefühl aus, das zu einem Kribbeln und schliesslich zu einem Brennen wurde. Das Brennen verwandelte sich in eine unbändige Kraft, die den ganzen Körper durchdrang. Das Gehör wurde schärfer und die Sicht klarer. Sie konnten nun die Russen hören, sie sprachen miteinander und lachten. Ohne Zweifel befanden sie sich in der entspannten Stimmung, die nur ein Sommerabend schenken kann. Für die Werwölfe war jeder der Russen von einem pulsierenden, hellroten Schimmer umgeben. Die Verwandlung war abgeschlossen. Kraus gab das Zeichen, sich an den Feind anzuschleichen, ihn einzukreisen und auf sein Kommando hin anzugreifen. Es war ein kurzer, ungleicher Kampf zwischen den Russen und den Werwölfen. Kraus und seine Leute griffen so schnell an, dass die entsetzten Russen nicht einmal mehr aufschreien konnten. Nach getaner Arbeit zogen sie sich wieder zu ihrem Lager zurück. Nachdem sie sich zurückverwandelten, wuschen sie sich ihre blutverschmierten Gesichter notdürftig mit Wasser aus ihren Feldflaschen. Sie kramten ihre Ersatzkleidung aus den Rucksäcken und wechselten ihre Kleidung, die ganz nass und klebrig war vor lauter Blut. Schweigend marschierten sie zum vereinbarten Treffpunkt an dem sie wieder abgeholt werden sollten. Sie waren aber viel zu früh da. Keiner hatte gedacht, dass die Operation knapp 2 Stunden dauern würde. Also mussten sie noch eine Weile warten. Kraus betrachtete im Mondlicht seine Kameraden. Den meisten von ihnen sah man an, was für ein Gemetzel sie vor kurzem veranstalteten. Sie wirkten erschöpft und hatten immer noch Reste getrockneten Blutes an ihren Gesichtern. Das

Blut sah im abendlichen Licht ganz dunkel aus. Kraus war stolz auf die erfolgreiche Mission und lobte seine Untergebenen dafür. Trotzdem hinterliess dieser Abend einen unguten Beigeschmack bei ihm. Es war nicht so, dass er ein schlechtes Gewissen hatte, weil er diese Männer getötet hatte. Etwas anderes war verkehrt, aber er konnte es nicht beim Namen nennen. Er dachte sich, dass sein Unbehagen auf die vielen Verwandlungen zurückzuführen ist, die er hinter sich hatte. Endlich wurden sie von den Kübelwagen abgeholt.

Inzwischen war es Hochsommer. Die durchschnittlichen 35 Grad liess die Soldaten träge werden. Ihre freie Zeit verbrachten die Meisten dösend für sich alleine, vor allem in der Mittagszeit. Doch war es nicht nur die Hitze, die den Männern zu schaffen machte. Auch die häufigen Verwandlungen setzten ihnen zu. Dr. Schulze arbeitete daran, den Energiehaushalt der Soldaten zu stabilisieren, aber es gelang ihm bis dahin nicht. Die grösste Herausforderung für den Körper schien die ständige Umstrukturierung des Gehirns zu sein. Viele der Soldaten klagten über Schwindel und Kopfschmerzen, manche auch über Grippesymptome. Das Nervensystem schien durch die Strapazen der Verwandlungen allgemein stark belastet zu sein. Es war 10:00 Uhr morgens, als der Auftrag für einen neuen Einsatz gemorst wurde. Eine Gruppe deutscher Marxisten habe sich in einem Gasthaus in Berlin zusammengefunden um von dort aus ein kommunistisches Netzwerk aufzubauen. Schmitt lag noch in seinem Bett und befand sich in einem Dämmerzustand. Er wachte jeweils nur sehr langsam auf. Auch als gewöhnlicher Mann war er kein Morgenmensch, aber als Werwolf hatte sich sein eigenwilliger Tag-Nachtrhythmus noch verstärkt. Es schien, als ob er den Wechsel von Schlafen und Wachsein nicht mochte. Es war 10:15 Uhr als ihm der Einsatz vom zuständigen Wachsoldat bekannt gemacht wurde. „Aufstehen, Schmitt. Ein neuer Einsatz wartet. In einer Dreiviertelstunde müssen sie bereit sein. Treffpunkt wie immer vor dem Haupteingang. Das leichte Gepäck genügt." Schmitt erhob sich langsam, während der Wachsoldat sprach. Er fühlte sich, als ob sein gesamter Körper leicht entzündet wäre. Als sich der Wachtsoldat entfernt hatte, widmete sich Schmitt seiner Morgentoilette. Dann kleidete er sich an und setzte sich auf den Bettrand. Er machte die Entspannungsübung, die ihm Schulze gelernt hatte. Nach zwei Minuten erhob er sich und suchte den Anschluss an seine Kameraden.

Um Benzinkosten zu sparen, wurden die Soldaten, die für diesen Einsatz ausgewählt wurden, mit dem Kraftwagen zum Bahnhof gefahren. Von dort aus nahmen sie die direkte Verbindung nach Berlin. Es waren Kraus, Schmitt und Berger. Sie trugen für diesen Auftrag ihre Wehrmachtsuniformen. Diese vereinfachten ihre Reise, sie mussten keine Fahrkarten vorweisen und wurden von allen mit etwas mehr Respekt behandelt. In Berlin angekommen spürten

sie das Gasthaus „zum Krug" auf. Es war ein abge-
legenes Gasthaus am Rande der Stadt. Vor allem
Bauern verkehrten dort. Von aussen schien nichts
auffällig zu sein. Sie traten ein und fragten nach
dem Wirt. Dieser war erstaunt, als er die Soldaten
erblickte. Kraus verlangte in einem Nebenzimmer
mit ihm zu sprechen. Der Wirt führte sie zum Spielzimmer, das gerade nicht benutzt wurde. In diesem
Zimmer gab es einige runde Tische an denen sonst
Karten gespielt wurde. Die Soldaten deponierten
ihre Rucksäcke in einer Ecke des Zimmers. Dann
kam Kraus zur Sache: „ Wir haben die verlässliche
Information, dass sie hier Marxisten beherbergen. Es
ist besser für sie, wenn sie uns gleich sagen wo sie
sich aufhalten und ob sie bewaffnet sind. Nur so
können sie mit dem Leben davonkommen." Schmitt,
der etwas abseits stand, faltete die Hände vor der
Brust und senkte den Kopf. Die Augen hielt er ge-
schlossen. Der Wirt bemerkte die ungewöhnliche
Haltung Schmitt`s und fragte plump: „Was, nehmt
ihr jetzt auch fromme Burschen in die Wehrmacht
auf? Der tut ja wie ein Klosterschüler!" „Sie werden
gleich sehen, was für fromme Burschen wir sind"
gab Kraus zurück. Schmitt bemerkte die spöttische
Frage des Wirtes nur am Rande. Er hatte sich schon
zu oft verwandelt, als dass ihn dies aus seiner Rou-
tine bringen könnte. Es war ganz einfach für ihn.
Dem Wirt stand der Mund offen, als er sah, wie bei
Schmitt überall braunes Fell spross. Seine Ohren
wurden länger und spitzer, seine Finger wurden zu
Klauen. Als die Verwandlung abgeschlossen war,

blickte Schmitt aus hypnotischen, gelben Augen empor. Die Augen des Wirtes waren weit aufgerissen und er nässte sich in die Hosen. „Keller!" stiess er hervor. Aber Kraus genügte diese Antwort nicht. „Haben die auch Waffen?" fragte er ungeduldig. Sie wussten nun alles. Nun falteten auch Kraus und Berger die Hände. Drei Transformationen innert kurzer Zeit zu sehen war zu viel für den Wirt. Bisher glaubte er nur, was er sehen und anfassen konnte. Nun sah er etwas, das sein Weltbild überstieg. Er hielt solche Dinge für alte Legenden, über die man sich lustig macht. Doch nun sank er auf den Boden, blass vor Schrecken und von Angstschweiss und Urin durchnässt. Die Werwölfe gingen hastig und doch leise in den Kellerkomplex hinunter. Aus einem der Zimmer waren geschäftige Stimmen zu hören. Wahrscheinlich hatten die Marxisten gerade eine Sitzung. Es waren auch Frauenstimmen zu hören. Eine davon hatte einen russischen Akzent. Kraus trat die Tür ein, Schmitt und Berger schossen pfeilschnell ins Zimmer. Der Anführer der Gruppe, ein alter Mann mit langem weissem Haar, stand gerade an einer Schiefertafel und schrieb etwas auf. Er wurde von den Werwölfen jäh aus seinen Überlegungen herausgerissen. Er erschrak und verkrampfte sich, als er mit ansehen musste, wie die haarigen Gestalten seine Mitstreiter zerfleischten. Warmes Blut spritze auf den Boden und über den Tisch. Der Alte griff sich mit seiner verkrampften Hand an die Herzgegend und krächzte auf. Dann fiel er zu Boden wo er an einem Herzinfarkt verstarb. Die zwei einzigen Frauen versteckten sich unter dem Tisch. Doch Schmitt nahm ihre Witterung auf. Er zog sie mit seinen Klauenhänden aus ihrem Versteck hervor. Er klemmte sich eine Frau unter jeden seiner starken, haarigen Arme und trat die Tür auf, die in ein Nebenzimmer führte. Dort wurden Vorräte gelagert, es gab Kistenweise Äpfel und Birnen, von der Decke hingen pralle Würste und geräucherter Beinschinken herunter. Schmitt warf eine der Frauen auf einen Stapel Kartoffelsäcke und begann, sie zu vergewaltigen während er die Andere mit einer Hand auf den Boden drückte. Zuerst wehrten sich die Frauen, sie schrien und kratzten und traten nach Schmitt. Doch nach einer Weile sahen sie ein, dass Widerstand zwecklos war und liessen die Vergewaltigung über sich ergehen, als ob Schmitt eine Naturgewalt wäre, gegen die sie nichts ausrichten konnten. Als Schmitt der Frauen überdrüssig wurde, brach er ihnen kurzerhand das Genick. „Schmitt! Schmitt! Komm, wir sind fertig hier!" rief Kraus, der sich noch einige Pläne der marxistischen Verschwörer in die Tasche seiner Uniformjacke steckte. Die drei Naziwerwölfe kehrten zurück zum Spielzimmer, wo sie ihre Rücksäcke deponiert hatten. Sie bildeten einen Kreis und transformierten sich zurück. Als sie sich die Spuren ihres Gemetzels aus dem Gesicht gewaschen hatten zogen sie sich neue Uniformen an. Obwohl sie sich gewaschen hatten, hatte jeder von ihnen noch den Geruch von frischem Blut in der Nase. Sie hatten das Gasthaus nur einige Meter hinter sich gelassen, als sie einen Knall hörten. Berger fiel zu Boden, der Schuss hatte ihm den Hals zerfetzt. Er war auf der Stelle tot. Es war der Wirt, der geschossen hatte. Er hetzte ihnen mit einem Jagdgewehr nach. Einige Bauern aus seinem Gasthaus waren bei ihm, alle waren mit Knütteln oder Äxten bewaffnet. Kraus und Schmitt zogen geschwind ihre Pistolen und schossen den Wirt zusammen. Seine verschmutzte, weisse Schürze war blutdurchtränkt und zerfetzt, als er tot zusammenfiel. Auch einige Bauern hatte es erwischt. Die meisten standen aber noch da, mit verhärmten Gesichtern und erhobenen Waffen. Sie dachten, dass die zwei Nazis keine Munition mehr hatten und näherten sich. Doch Kraus schoss noch einmal in die Menge, das schreckte sie zurück. „Los zurück ins Haus!" befahl er den Bauern, die widerwillig gehorchten. Kraus schloss sie im Gasthaus ein. „Wir sollten das Haus abfackeln, Hauptmann. Die haben Berger erschossen" schlug Schmitt vor. Kraus willigte ein, obwohl die Bauern keine Gefahr mehr für sie darstellten. Trotzdem wollte er sie nicht ungeschoren davonkommenlassen, darum ging er auf Schmitt`s Vorschlag ein. In der Scheune neben dem Gasthof fanden sie einen Benzinkanister, den sie auf die Terrasse des Gasthauses schütteten. Schmitt überliess das Anzünden des Feuers bereitwillig und ohne aufbegehren seinem Vorgesetzten. Das Haus, das grösstenteils aus Holz erbaut war, fing schnell Feuer. Aus dem Inneren erklangen raue Bauernstimmen „Feuer. Feuer! Verdammter Waldschrat!". Die

Schreie aus dem Inneren des Gasthauses verstummten zu einem Röcheln. Die Flammen hatten das Haus erobert. Kraus und Schmitt wollten ihren Weg Richtung Hauptbahnhof fortsetzen. Da kam Kraus der tote Berger in den Sinn. „Wir sollten Berger nicht einfach liegen lasse. Kommen sie, Schmitt, wir begraben ihn." „Genau, Berger…..liegen lassen können wir ihn nicht, nein das geht nicht." gab Schmitt zurück, der seinen erschossenen Kameraden bereits vergessen zu haben schien. Sie schleiften Berger zum nahe liegenden Wald. Dort musste Schmitt ein Grab ausheben. Dazu lockerte er die Erde mit einem Ast den er gefunden hatte und kratzte die lose Erde mit dem Fuss heraus. Er brach Bergers` Erkennungsmarke entzwei und gab das abgebrochene Stück Kraus, der es einsteckte. Gemeinsam legten sie den Leichnam in die flache Grube und verscharrten ihn. Aus zwei Ästen und einem Stück Schnur fertigte Schmitt ein Kreuz, das er oben am Grab in den Boden rammte. Sie verharrten noch eine Weile ruhig beim Grab, dann zogen sie weiter. Auf dem Rückweg ging Kraus den Einsatz noch einmal in seiner Erinnerung durch. Er dachte daran, wie er die Tür auftrat und Schmitt und Berger mit dem Abschlachten der Rebellenangefangen haben. Der Alte starb am Schreck. Dann machte sich Kraus selbst ans Werk und trieb seine Klauen in die Leiber seiner Opfer. Irgendwann war von Schmitt nichts mehr zu sehen. Als er ihn zu sich rief, trat er aus einem Nebenzimmer hervor. Sein Hemd war vorne aus der

Hose hinausgerutscht, an seinen Klauen klebten einige lange, braune Haare. Er erinnerte sich auch an Frauenstimmen, die zuvor im Nebenzimmer kreischten. Als Werwolf hatte er diesem Geschehen keine besondere Bedeutung zugemessen. Doch nun, wo er wieder wie ein normaler Mensch denken konnte, wurde ihm bewusst, dass Schmitt im Nebenzimmer eine unplanmässige und für den Einsatz nicht notwendige Grausamkeit begann.

„Schmitt, was haben sie vorhin überhaupt im Nebenzimmer gemacht?" fragte der Hauptmann seinen Untergebenen. „Im Nebenzimmer….das weiss ich nicht mehr genau…." antwortete Schmitt, der immer seltsam abwesend zu sein schien. Auch in seinem menschlichen Zustand hatte man den Eindruck, dass fast nichts ihn wirklich berührte. Er war emotional hohl. Kraus fragte weiter „Haben sie irgendetwas mit den Frauen gemacht, Schmitt?" nun reagierte Schmitt wie ein Kind, das bei etwas Verbotenem ertappt wurde. „Ja, die Frauen…mit denen war etwas. Ich nahm sie ins Nebenzimmer das stimmt…" Schmitt drückte sich verlegen um den heissen Brei. „Und was haben sie da mit ihnen gemacht?" fragte Kraus ungeduldig. „Etwas Schlechtes….genau weiss ich nicht mehr, ich habe es einfach geschehen lassen. Ich merkte gar nicht, dass es etwas Schlechtes war, als ich es getan habe…". Kraus wusste, dass sich Schmitt besser erinnerte als er es vor ihm zugab. Er war sich darüber im Klaren, dass er von den Vergewaltigungen Meldung machen musste. Doch im Moment liess er Schmitt in Ruhe.

Er bekam ja doch keine vernünftige Antwort von
ihm.
Als sie zum Bunker zurückgekehrt waren, meldete
Kraus den Tod Bergers und die Untaten Schmitts.
Schulze war mässig betroffen von der Ausschwei-
fung seines Zöglings. Er liess ihn zur Strafe in ein
Verlies im untersten Geschoss einsperren. Zwei der
Wachsoldaten holten Schmitt mit Hundepfeifen und
Pistolen bewaffnet in seinem Zimmer ab um ihn
zum Kerker zu bringen. Ohne Widerworte ging Schmitt mit ihnen. Es schien für ihn nicht ungewöhnlich
zu sein, eingesperrt zu werden. Er realisierte gar
nicht richtig, dass es eigentlich eine Strafe für ihn
war. Für ihn war es einfach eine Folge dessen, was
er tat. Innerlich stumpf wie er war, störte er sich gar
nicht an der mehrwöchigen Einzelhaft, die ihm be-
vorstand. Er wusste ohnehin, dass er nicht für immer eingesperrt werden konnte. Und die Einsamkeit
des Eingesperrt-Seins würde für ihn nicht absolut
werden. Er hätte immer noch den Kontakt mit den
Wärtern, die ihm das Essen durch die Tür geben
würden. Der Kerker, in den ihn die Wachsoldaten
warfen, war eine 4 Quadratmeter grosse Kammer.
Es gab in einer Ecke einen Sack mit Stroh, der als
Matratze gedacht war und einige schmutzige De-
cken. Seine Toilette bestand aus einem Kübel Wasser, um sich zu waschen und einem Kübel mit einem
Deckel für die Notdurft. Ein kleinerer Sack Heu war
auch in der Toilettenecke, ebenso ein grobes Stück
Kernseife das herrenlos auf dem Boden lag. Schmitt

nahm die Seife und legte sie in die Nähe des Wasserkübels. Er wollte damit eine gewisse Ordnung und Funktionalität in seine Zelle bringen. Nach drei Tagen besuchte ihn Schulze. Er kontrollierte seinen Blutdruck. Dieser war leicht erhöht. Die Pupillenreflexe waren sprunghaft. Merkwürdig war, dass sich Schmitts linke Pupille nach der Blendung immer wieder schloss und öffnete. Sein Auge flimmerte. Es schien als ob es eine Eigenaktivität hätte. Schulze erkundigte sich nach Schmitts Gemütszustand. Auf die Frage folgte ein zu langes und ungewöhnliches Schweigen. Schmitt erklärte dass es ihm im Kerker langweilig sei. Schulze versprach, dass er ihm etwas zum Lesen bringen lassen werde. Obwohl er Schmitt ansah, dass es ihm nicht besonders gefiel, eingesperrt zu sein, hatte er den Eindruck, dass er seine Situation zu leicht wegsteckte. Das erstaunte ihn denn eigentlich hätte er erwartet, dass Schmitt verzweifelter wäre. In seinem Büro angekommen, suchte er Schmitts Akte. „Insasse 8728 zeigt sich stets äusserst unnahbar. Obwohl er hellwach ist, scheint er innerlich, auf der emotionalen Ebene, in einem Tiefschlaf zu verharren. Er ist zu spontanen Ausdrücken der Freude fähig. Aber es ist unmöglich, für längere Zeit eine emotionale Verbindung mit ihm herzustellen. Es ist nicht so dass er seine Gefühle unterdrücken würde. Sie sind bei ihm nur enorm verflacht. Seine fehlende Emotionalität erklärt sich durch seine Lebensgeschichte: seine Mutter war depressiv, der Vater war ein nüchterner und pedantischer Gemeindebeamter. In einem solchen

Klima aufzuwachsen hat dem jungen Patient 8728 eine normale Entwicklung unmöglich gemacht. Emotional verarmt wie er war, fand er in der Schule kaum Freunde. Er wurde als „Geist" wahrgenommen. Als jemand der nicht richtig da ist. In seiner Jugend hat er häufig Kleintiere wie Frösche, Ratten oder Insekten getötet. Er tat dies nach eigenen Angaben aus Langeweile. Er hatte dabei das Gefühl, als ob dabei etwas in seinem Inneren geschehen würde. Diese Form der seelischen Selbststimulation hat er aufgegeben, als er die Onanie entdeckt hatte. Als junger Erwachsener war er lange arbeitslos und hielt sich mit Vorliebe auf Bahnhöfen auf. Seine Eltern interessierten sich nicht richtig dafür, was er tat. Er kam sich vor, als wären seine Eltern eigentlich Fremde. Bei Kriegsausbruch fand er eine Anstellung in einer Munitionsfabrik. Zunächst gefiel ihm die dortige Tätigkeit. Er mochte die einfachen Fabrikarbeiten. Doch nach einem halben Jahr setzten die Symptome ein, wegen denen er in unsere Anstalt eingeliefert wurde: grippeähnliche Symptome, Schwindel, Kopfschmerzen sowie Gedankendrängen und Wahnvorstellungen. Letztere beinhalteten unter anderem die Phantasie, dass er Staub und Bakterien einatmen könnte, die ihn vergiften würden. Wahrscheinlich hat er einmal etwas über Bakterien gelesen und es dann in seiner Fantasie weiter gesponnen. Derzeit ist er in unserem Institut in Behandlung. Er scheint sich gut zu entwickeln. Insasse 8728 kann ohne Bedenken am Programm von Dr.

Schulze teilnehmen." Schulze begriff, warum die Inhaftierung für Schmitt nichts besonders Schlimmes war und warum er, der sonst auffällig unauffällig war, zu solchen Taten fähig war. Er hielt seine Gedanken in seinem eigenen Notizbuch fest: *Den zwischenmenschlichen Kontakt, den die Meisten in einer solchen Situation vermissen würden, hat Schmitt nie gekannt. Es war nicht so dass er Gesellschaft mit anderen absolut ablehnte. Er mochte sie sogar. Aber alles was über einen gewöhnlichen, alltäglichen Kontakt hinausging war ihm zuwider. Es ist zu emotional für ihn. Das kannte er nicht, und offenbar wollte er es auch nicht kennenlernen. Dies hatte unter anderem zur Folge, dass Schmitt seine Sexualität, die ohnehin nicht voll entwickelt war, nicht ausleben konnte. Die sexuelle Kraft, die in ihm durch die Transformation zum Werwolf frei wurde, liess er ungebremst hinaus als er die Gelegenheit hatte. Er vergewaltigte und ermordete die marxistischen Rebellinnen aus dem Gefühl einer plötzlich frei werdenden Energie heraus. Ich werde Schmitt noch einige Wochen im Verliess lassen und ihn während dieser Zeit beobachten.*

Kraus leitete weitere Einsätze, vor allem in den umkämpften Gebieten Osteuropas. In diesen Gebieten war der Glaube an Werwölfe noch stark in der Bevölkerung verankert. Umso grösser war der Schrecken, den sie verbreiteten. Während den Einsätzen fehlte Schmitt dem Rest der Werwolf-Truppe. Schmitt war dem Hauptmann Kraus meistens ein gehorsamer Soldat und auch die Meisten der Anderen mochten ihn wegen seiner ruhigen und verschrobenen Art. Doch Schulze hielt ihn immer noch unter Verschluss. Vielleicht war es auch besser so.

Es war Spätsommer als Kraus den Auftrag erhielt, mit seiner Werwolf-Division nach Bulgarien zu ziehen um dort eine Gruppe antifaschistischer Rebellen zu zerschlagen. Sie überfielen in einer Nacht und Nebel Aktion das Rebellenlager, das sich in einer entlegenen Scheune befand. Als sie ihre Arbeit gerade beendet hatten, trat der Bauer, der den Rebellen Unterschlupf bot, mit einem Korb voller Lebensmittel in die Scheune ein. Ihm bot sich eine Bild des Grauens, wie er es noch nie gesehen hatte. Überall lagen unnatürlich verdrehte Leichen, es sah aus, als ob man sie zusammengeknüllt und weggeschmissen hätte. Stühle und Tische waren umgeworfen und mit Blut bespritzt. Einer Leiche wurde der Darm herausgerissen. Das Schlimmste waren aber die furchterregenden Gestalten, die dieses Massaker anrichteten. Sie waren stark behaart, hatten klauenartige Hände, spitze Zähne und funkelnde, schmutzig-gelbe Augen. Sie atmeten stark, reagierten aber zuerst nicht auf den Bauern obwohl sie ihn zweifellos bemerkten. Kraus, der in der Mitte der Scheune stand, erblickte ihn als erster. Sie starrten sich eine Weile in die Augen, dann trat Molke von hinten an den Bauern heran und brach ihm das Genick. Nachdem sich die Naziwerwölfe vollständig zurückverwandelt und neu angezogen hatten, gingen sie zum vereinbarten Treffpunkt. Doch der Kübelwagen, der sie wie gewohnt abholen sollte, war noch nicht angekommen. Sie mussten warten. Kraus zählte seine Gefolgsleute durch. Keiner fehlte, aber an Molke fiel ihm etwas Merkwürdiges auf. Ihm standen immer noch die rötlichen, drahtigen Haare eines Werwolfs im Gesicht, seine Hände waren immer noch Klauen, seine gelben Augen starrten immer noch wie die eines Verrückten aus seinem Gesicht heraus. "Geht es ihnen gut, Molke? Sie sehen etwas komisch aus...." fragte Kraus seinen Zögling. „Es geht mir gut, Hauptmann. Vielleicht etwas schwindlig, aber das ist von der Anstrengung des Kampfes" antwortete Molke mit einer unheimlichen und unnatürlichen Freundlichkeit, die gar nicht zu seiner momentanen Erscheinung passte. Kraus sah ihn noch eine Weile prüfend an. Dann schrie Molke plötzlich wild auf und fiel den Hauptmann an. Er packte ihn am Kragen und riss ihn zu Boden. Die anderen Soldaten konnten ihn jedoch davon abhalten Kraus den Hals durchzubeissen und fixierten ihn. Molke lag nun gefesselt auf dem Boden. Er beruhigte sich ein bisschen, schien aber immer noch gefährlich zu sein. Ratlos schwiegen sich die anderen Mitglieder der Truppe an. Keiner wusste, was mit Molke los war. Die Kübelwagen kamen an. Molke wurde schnell in einen der Wagen gestossen, der Rest der Mannschaft schwang sich ebenfalls in ihre Kübelwagen. Kraus stieg in den Wagen von Molke. Dieser sass in sich versunken auf seinem Sitz. Sein Kopf war tief geneigt, ab und zu gab er ein leises Wimmern von sich. Kraus versuchte ihn einige Male anzusprechen, aber Molke schien nicht richtig bei sich zu sein. Er verbrachte die ganze nächtliche Fahrt in diesem halbbewussten Zustand. Als sie im Morgengrauen eine kurze Pause machten versuchte Kraus seinem verwirrten Zögling etwas Wasser einzuflössen. „Komm Molke, es gibt Frühstück!" versuchte Kraus ihn zum Aufwachen zu motivieren. Aber von Molke kam nur ein leises Stöhnen. Kraus flösste ihm Wasser ein, Molke schluckte etwas davon hinunter, der grössere Teil davon rann ihm jedoch über die Wangen und tropfte auf den Boden. Kraus sah ein, dass nur der Doktor helfen kann. Nach diesem kurzen Frühstück ging die Fahrt weiter. Kraus döste langsam ein. Er versuchte noch eine Weile wach zu bleiben, aber schliesslich gab er sich doch dem Schlaf hin. Er schwebte lange Zeit im dunklen Nichts des traumlosen Schlafes. Nach und nach entfalteten sich Erinnerungen in seiner Traumwelt. Er erinnerte sich an seine Kindheit, sein Elternhaus, seine Kinderspiele, die Schule und den Religionsunterricht beim Pastor. Es waren nur Bruchstücke von Erinnerungen, Fetzen von Erlebnissen, die lange zurück lagen. Die Erinnerungen an den Kriegsdienst waren klarer. Sein Einsatz in Kasachstan war ihm besonders lebendig im Gedächtnis. Dann stiegen Bilder seiner ersten Tage als Werwolf in ihm auf. Seine eigene Ausbildung und die, die er seinen Soldaten gab. Es fühlte sich in diesem Traum zum ersten Mal merkwürdig an, ein Werwolf zu sein und diese neue Form der Existenz auch noch anderen zugänglich gemacht zu haben. Das Seltsamste an diesem Traum war jedoch dieser alte, kahlköpfige Mann, der plötzlich in seinem Traum auftauchte und ihn mit einem strengen, Unheil verheissenden Blick anstarrte. Der

Alte trug mehrere Schichten von Fellen über einer
schmutzigen, viel zu oft geflickten Tunika. Seine
vorwurfsvollen, gelben Augen bohrten sich in Kraus
Gedächtnis. Das bizarre Traumerlebnis liess Kraus
aufschrecken. Zu seiner Verwunderung bemerkte
er, dass sie inzwischen im Geheimbunker angekommen waren. Das sommerliche Wetter, die zwit-
schernden Vögel und das Plätschern eines nahe ge-
legenen Bächleins liessen ihn den Traum schnell
vergessen. Das Einzige, was ihm noch für eine Weile
im Sinn blieb, war der harte, aber auch bemitlei-
dende Blick des Alten. Molke, der immer noch im
Delirium war, liess ihn auch diese Erinnerung an
den Traum vorübergehend vergessen. "Los, bringt
Molke zum Doktor! Und passt ja auf, dass er keinen
beisst!" befahl er und seine Soldaten gehorchten.
Kraus zog sich seinerseits in sein Zimmer zurück
und liess sich in sein Bett fallen. Obwohl er während
der Rückfahrt in der Nacht schlief, war er immer
noch müde. Die Verwandlungen kosteten viel Kraft,
die nur mit Schlaf wieder hergestellt werden kann.
Kraus dachte noch eine Weile an Molke. Er fragte
sich, wieso er sich nicht mehr zurücktransformiert
hatte und warum er ihn so unvermittelt anfiel.
Wahrscheinlich kam seine Wolfsnatur einfach über ihn,
dachte er sich und schlief erneut ein.
Molke war auf eine Pritsche geschnallt. Er befand
sich im Labor von Dr. Schulze, der ratlos vor Molke
stand als ob dieser ein nicht zu lösendes Knobelrät-
sel wäre. Speichel tropfte von Molke`s Lippen, er
war immer noch in demselben Zustand wie auf der

Heimreise. Er reagierte nur schwach auf den Doktor, der ihn immer wieder beim Namen rief und mit den Fingern neben seinen Ohren schnippte. Es schien, als ob Molke weit weg wäre. Seine Reaktionen auf Schulze waren ein leises Stöhnen, manchmal knurrte er auch leicht. Der Doktor war schliesslich mit der Situation überfragt, er führte routinemässig einen Pupillenreflextest durch und mass Molke`s erhöhten Blutdruck. Nachdem er die Resultate notiert hatte, rief er nach den Wachmännern und ordnete an, Molke auf das Krankenzimmer zu bringen. Er blieb allein in dem Labor zurück und füllte Antragsformulare für die Zufuhr von weiteren Freiwilligen aus. Die Formulare waren an Irrenanstalten, den Reichsarbeitsdienst und an einige Schiessgesellschaften adressiert. Seine Gedanken kreisten darum, an welche Anstalten und Institutionen er sich am ehesten wenden sollte, er fragte sich, wo die Wahrscheinlichkeit am höchsten war, mögliche Interessenten für sein Werwolf-Soldatenprojekt anzuwerben. Molke und seine missliche Situation interessierten ihn nicht mehr weiter, er war ganz von seinem Projekt vereinnahmt.

Das Krankenzimmer, in das die Wachsoldaten Molke steckten, war eher ein Verlies als etwas anderes. An der Unterseite der Stahltür war ein Schlitz angebracht, durch den man das Essen schieben konnte. Auf dem Feldbett lagen eine gestreifte Matratze und eine Filzdecke. Als Toilette diente ein Kübel mit einem Holzdeckel in dessen Nähe ein Stapel alter Zeitungen lag. In einer Ecke des Zimmers war

ein mit einem angeschraubten Gitter bedeckter Abfluss. Das Komfortabelste war ein Wasserhahn neben dem eine Schale mit alten, zusammengedrückten Seifenresten angebracht war. Molke wurde von den Wachtleuten unsanft auf das Bett gelegt. Er blieb liegen und starrte an die graue Decke. Er war froh, dass er weg von Schulze war und seine Ruhe hatte. Er fühlte sich erleichtert darüber, dass er nun mit sich allein sein konnte. Seine Augen fingen an zu flimmern, dann übermannte ihn der Schlaf.
Er wurde durch das Aufreissen des Schlitzes in der Tür geweckt. Ein Teller mit rohem Hackfleisch wurde durch die Tür geschoben. Molke erhob sich, streckte seine Glieder und ging zum Teller mit seinem Mittagessen. Er ging in die Hocke und fing an, das Fleisch mit blossen Händen in den Mund zu schaufeln. Als er den Teller leer gegessen hatte, erblickte er auf dem metallenen Tablett sein verschwommenes Spiegelbild. Er sah zwei gelbe Flecken wo seine Augen waren. Der Anblick seiner selbst liess ihm erneut bewusst werden, dass er immer noch im Zustand des Werwolfs war. Er war nicht erschrocken darüber, nein er genoss den Zuwachs an Kraft und Unbeschwertheit, den er durch seine wölfische Natur gewann. Er hatte sich von seinem Absturz erholt, er war nun ausgeschlafen und wohlgenährt. An sein Delirium konnte er sich erinnern, nur die Ursache dafür war ihm nicht klar. Er wusste noch gut, wie ihn seine Kameraden zu Boden drückten, die Fahrt war ihm nur noch verschwommen in Erinnerung. Nun versuchte er sich

wieder in einen normalen Menschen zurück zu verwandeln. Dazu setzte er sich auf sein Bett, stellte die
Füsse fest auf den Boden und legte seine Hände auf
die Oberschenkel. Um sich zu verwandeln ist eine
gewisse Entspannung nötig und die Vergegenwärtigung positiver Erinnerungen aus dem gewünschten
Zustand. Jedenfalls hatte Schulze ihm das so beige-
bracht. Molke war innerlich ruhig und erinnerte sich
daran, wie er noch als gewöhnlicher Mensch in der
Division der Werwölfe aufgenommen wurde. Für
ihn war dies der bedeutendste Augenblick seines
jungen Lebens. Er fühlte sich damals, als ob er mit
etwas Grossem in Berührung trat. Als er sich diesen
glücklichen Moment vorstellte, fühlte er ein ange-
nehmes Kribbeln, das seinen Körper durchzog. *Das
muss die Verwandlung sein,* dachte sich Molke. Als er
aber die Augen wieder öffnete und seine Hände ansah, erschrak er das erste Mal in seinem Leben vor
seinem eigenen Anblick. Auf seinen Händen waren
immer noch dieselben rötlichen, drahtigen Haare.
Die Verwandlung hat nicht funktioniert. Er versuchte es noch einige Male, dann hörte er damit auf
und warf sich genervt auf sein Bett. Molke machte
sich keine weiteren Gedanken über seine Lage, er
war mit der Werwolf-Version seines Gehirns gar
nicht mehr in der Lage, weitreichende Überlegungen zu fassen. Da er keine Möglichkeit eines Aus-
wegs aus seiner Gefangenschaft im Krankenzimmer
sah und sich nicht selbst aus seinem animalischen
Zustand befreien konnte, versetzte er sich in einen
Zustand innerer Leere. In seinem Geist wurde es

dunkler und dunkler. In dieser geistigen Dunkelheit wurden allmählich Erinnerungen aus lange vergangenen Tagen wach. Bilder aus seiner Kindheit auf dem elterlichen Bauernhof drängten sich in sein halbbewusstes Hirn. Molke sah wie sein Vater am Schlachttag im Innenhof Schweine ausgenommen hat. Er nahm ein Schwein zwischen die Beine, klemmte es ein, und schlug ihm mit einem schweren Hammer auf den Kopf, bis es sich nicht mehr regten. Dann nahm er das lange Messer, das er hinter den Bändel seiner Schürze gesteckt hatte, und schnitt ihm die Kehle durch. Das Blut liess er in einen bereitgestellten Eimer laufen. Während der ganzen Prozedur rauchte der Vater eine Zigarillo um mit dem Rauch die Fliegen zu vertreiben. Molke fühlte die Neugier und den Ekel wie damals als er noch ein Kind war. Der Vater hängte das ausgeblutete Schwein mit den Füssen in ein dafür bestimmtes Gestell, dann schnitt er dem toten, blutüberströmten Tier den Bauch auf. Eingeweide quollen hervor, der Vater griff tief in die Bauchhöhle hinein und riss die Innereien heraus. Die guten Teile wie die Leber und die Nieren warf er in einen Eimer zu seiner Rechten, die Gedärme kamen in den Eimer zu seiner Linken. „Schmeiss das jetzt auf den Miststock, wir sind fertig." befahl ihm sein Vater. Der kleine Molke nahm den Eimer mit beiden Händen. Er war recht schwer für ihn und schliff ihm immer an den Oberschenkeln. Seine abgewetzte, mit Flicken übersäte Hose war mit Blut und Schleim verklebt. Er leerte den Eimer und beobachtete neugierig, wie die Gedärme

herausglitten und auf den Mist klatschten. Dies war
die lebhafteste Erinnerungen Molke`s, seine anderen
Erlebnisse und Erfahrungen kamen ihm nur noch
als verschwommene Zerrbilder in den Sinn.
Schliesslich stiegen keine Erinnerungen mehr in ihm
auf, er gab sich ganz dem schweren Schlaf hin.

Der Niedergang

Inzwischen war es Herbst. Die Bäume fingen an ihr
rotbraunes Laub zu verlieren. Der modrige Geruch
von nasser Erde lag über allem. Schulze sass in seinem Büro im Bunker tief unter der Erde und grü-
belte darüber nach, wie er die Teilnahme an seinem
Supersoldatenprojekt attraktiver gestalten könnte.
In seinem Gesicht stand ein leichter Bartschatten.
Bisher hatten sich immer noch nur Arbeitsverweigerer und Wilddiebe, die man ins Zuchthaus gesteckt
hat, gemeldet. Aber der Doktor wollte immer noch
etwas elitäres, keinen zusammengewürfelten Haufen aus Versagern und Geisteskranken. Seine Werwölfe sollten Übermenschen sein, veredelte Kreaturen die die besten Eigenschaften von Tier und
Mensch vereinigen. Seit der ersten Gruppe von Freiwilligen hat sich kaum noch einer gemeldet. Sein
Projekt schien zu scheitern. Und doch versuchte der
Doktor mit allen Mitteln, neue Freiwillige zu rekru-
tieren. Bei der SS hatte er schon lange nicht mehr an-
geworben. Er konzentrierte sich vor allem auf die
Wehrmacht und den Reichsarbeitsdienst. Sein
Schreibtisch war mit allerlei Akten, Formularen und
Bestellscheinen überladen. Die ganze Organisation

der Werwolf-Division blieb an ihm hängen. Es war haarsträubend, was für gigantische Mengen Fleisch seine Wolfskrieger verzehrten. Und dann noch die Benzinkosten der Transporte, die Kosten für die Dinge des täglichen Bedarfs. Die Rechnungen türmten sich, aber der Führer blieb sparsam mit seinem Geld. Schliesslich habe er noch andere Projekte zu finanzieren, meinte sein Sekretär. Der Druck, den Hitler auf Schulze ausübte, wurde zu einer schier unerträglichen Last. Er wollte unbedingt eine zahlreichere Division von Werwölfen. Es schien, als ob er die ganze Verantwortung für das Gelingen des Krieges dem Doktor überlasen würde. Das Klicken des Morseapparates riss ihn aus seinem Gedankenstrom. Er trat zum Apparat und las die Nachricht. " Absolute Vorsicht geboten: Amerikaner wissen von Werwolfdivision. Haben Psi-Truppe zusammengestellt. Sind als Zivilisten getarnt über die Grenze gekommen. Unklar wann angegriffen wird. Angriff kann auch heute noch erfolgen. ENDE". Schulze sah sein Projekt gefährdet. Gleichzeitig war ihm diese Meldung eine willkommene Abwechslung von seiner öden Büroarbeit. Endlich kam etwas Abenteuerliches, das ihn von dem Druck, unter dem er stand ablenken würde. Unverzüglich leitete er die Meldung an den Hauptmann des Wachtdienstes weiter. Alles lief ganz schnell: zusätzliche Wachtposten wurden mit durchgeladenen Maschinengewehren aufgestellt, Patrouillen wurden ausgesandt und die anwesenden Werwölfe bereiteten sich auf den

Kampf vor. Während die Sonne dem Horizont entgegenwanderte, fuhren Kraus und seine Mannen in ihren Kübelwägen zu. Sie kamen gerade von einem Einsatz. Als sie ausstiegen stürmte ein Wachsoldat zu ihnen und erklärte ihnen die Situation. Kraus und seine erschöpften und abgegriffenen Leute senkten die Köpfe und falteten die die Hände vor der Brust. Es sah beinahe so aus wie in der Kirche, wenn die Leute sich für den Gottesdienst sammelten. Aber die Werwölfe sammelten sich nicht für einen Gottesdienst. Sie sammelten sich, um sich in wütende Bestien zu verwandeln. Jedem von ihnen spross drahtiges Haar, welches das Gesicht umrahmt, die Fingernägel wurden länger und spitzer. Ein beissender, tierischer Gestank breitete sich um die Verwandelten aus. Nach und nach öffnete jeder die starrenden, gelben Augen. Der Wachmann, der den Wölfen die Nachricht übermittelte, konnte sich während der Verwandlung nicht regen. Er war starr vor Schreck. Dies war das erste Mal, dass er selbst Werwölfe gesehen hatte. Ohne dem Wachmann eine Erklärung abzugeben, schwärmten Kraus und seine Soldaten in den Wald. Man sah noch, wie sich zwischen den Bäumen einige Schatten bewegten, dann verschwammen die Formen vollständig im Wald. Nach dem allgemeinen Aufruhr kam das wirklich Nervenaufreibende an einer solchen Situation: das Warten auf den Kampf. Die Wachtposten wurden nach anfänglicher Aufregung schläfrig, das Abendrot hatte eine entspannende Wirkung auf sie. Die Schritte der Patrouillen wurden träge. Nach einer

Stunde des Wartens kam das erste Fauchen aus dem Wald. Schüsse folgten.

Als Kraus und seine Männer im Wald ausschwärmten neigte sich die Sonne dem Horizont zu. Es war ein rotoranges Abendrot, das den Wald erhellte. Dichter Herbstnebel kroch über den Boden. Dort, wo die Strahlen der untergehenden Sonne auf ihn trafen, wirkte der Nebel blassorange. Sie bildeten einen weiten Kreis um den Zugang zum Bunker herum. Auch die Werwölfe waren angespannt, aber es war die Spannung eines Jägers, der auf seine Beute lauert. Es war totenstill. Kein Geräusch durchzog die Luft. Kraus, der als Werwolf am meisten Erfahrung hatte, nahm als erster einen feinen, merkwürdigen Geruch war. Es roch nach pulsierendem Menschenfleisch und Kautabak. Nach und nach nahmen die Anderen den Geruch auch war. Dann wurde die blassrote, pochende Aura eines Opfers sichtbar, es folgten weitere flackernde Lichterscheinungen, die alle von dem erhöhten Herzschlag von amerikanischen Soldaten stammten. Es waren zwei Dutzend Amerikaner. Kraus liess sie nahe heran kommen. Als der Erste nur einen Sprung entfernt war, griff Kraus fauchend an. Er durchbiss den Hals des amerikanischen Soldaten, dieser würgte dabei den Kautabak heraus. Sein Gesicht war von Blut und dem Saft des Tabaks verschmiert. Die anderen Werwölfe waren sogleich zur Stelle, als sie den ungleichen Kampf wahrnahmen. Der Amerikaner lag mit zerfetztem Hals auf dem Boden, er zuckte noch

einige Male, dann regte er sich nicht mehr. Die
Wunde an seinem Hals war so tief, dass man die
Halswirbel sehen konnte. Die Amerikaner verteidig-
ten sich mit Schüssen, die sie im Zwielicht der untergehenden Sonne abgaben. Die Werwölfe zeigten
sich anfänglich unbeeindruckt von der amerikanischen Gegenwehr. Die Selbstheilungskräfte, die zu
ihren unnatürlichen Kräften gehörten, machten sie
sehr selbstsicher. Sie griffen weiter an, doch als einer
der Wölfe angeschossen wurde, zuckten alle zusammen. Der Angeschossene gab einen schmerzerfüll-
ten Schrei von sich und wand sich jaulend auf dem
Boden. Seine Mitstreiter handelten intuitiv. Sie zogen sich zum Bunker zurück, den Verwundeten
schleppten sie mit sich. Als der Wachposten durch
sein Guckloch sah wie Kraus und seine Untergebenen zum Bunker flüchteten, schloss er ohne zu fragen die Metalltür des Betonhäuschens auf. Die Werwölfe rasten die Treppe herunter bis sie zum weiten
Flur kamen der sich immer mehr verzweigte und
von dem Treppen in noch tiefere Etagen führten. Sie
hetzten zu Schulze`s Labor. Der Doktor trug nun ei-
nen gewöhnlichen dunkelblauen Alltagsanzug, was
an ihm, der sonst immer seine Wehrmachtsuniform
mit all den Abzeichen trug, seltsam wirkte. In einer
Ecke seines Labors standen zwei prall gepackte Kof-
fer. Kraus trat mit dem Verwundeten zu Schulze.
Dieser schaute die Werwolf-Soldaten eine Weile fragend und überrascht an, dann liess er den Ange-
schossenen auf die Pritsche schnallen. Er riss sein
Hemd auf und untersuchte die Wunde. Der Doktor

griff nach einer langen Zange, die er dem Soldaten in die Wunde bohrte, und fing an nach der Kugel zu suchen. Ein Knirschen verriet, dass seine Suche erfolgreich war. Langsam zog er die Zange heraus. Eine blutverschmierte Silberkugel kam zum Vorschein. Schulze mahnte die Werwölfe zu äusserster Vorsicht. Kraus und die Seinen starrten die Silberkugel immer noch wie gebannt an, als Schritte die Treppe herunter stürmten. Das Getrampel der schweren Kampfstiefel kam näher, die Tür flog auf. Die Amerikaner erfüllten gründlich ihren Auftrag, alle Werwölfe zu erschiessen. Sie schossen mit ihren Pistolen gezielt auf die Köpfe oder in die Herzgegend. Der Verwundete auf der Pritsche fletschte rasend die Zähne, doch es half ihm nichts. Schulze versteckte sich hinter dem schweren Bürotisch. Er konnte das Gemetzel nur mit anhören. Er hörte das Fauchen, das Knurren, die Schüsse, die schweren Werwolfkörper, die zu Boden fielen. Als der schreckliche Lärm aufgehört hatte, kroch der Doktor aus seinem Versteck hervor. Er hielt die Hände über den Kopf um zu signalisieren dass er bereit war sich zu ergeben. Um ihn herum war alles blutbespritzt, die Möbel wurden umgeworfen, Leichen von Werwölfen lagen verkrümmt und mit zerschossenen Gesichtern auf dem Boden. Die Amerikaner starrten ihn an, sie wussten nicht, was sie mit ihm anfangen sollten. Aus dem Flur kamen erneut Schritte. Es waren die eines Einzelnen. Bedächtige, aber keinesfalls träge Schritte. Ein amerikanischer Soldat trat in das

Labor. Er trug die typische Uniform der Amerikaner, nur ein Gewehr hatte er nicht umgehängt. Auf der Stirnseite seines Helmes prangte ein kleines, silbernes Kreuz. Er schaffte sich einen Überblick über die Situation. Auf seiner Seite gab es keine Verluste. Aus einer Ecke des Labors kam ein wütendes Knurren. Der hinzugekommene Amerikaner war sich bewusst, dass der Zorn des wehrlosen Werwolfs ihm und seinem Kreuz galt. Er trat zur Pritsche herüber und legte dem Wolfsmann die Hand auf den Kopf. Er schloss dabei die Augen und murmelte etwas. Nachdem er die Augen wieder öffnete, zog er seine Waffe aus dem Pistolenhalter und schoss dem Werwolf in den Kopf. Die Kugel durchdran die Schläfe des Werwolfs, trat aber auf der anderen Seite nicht heraus, sondern blieb im Gehirn stecken. Der Feldgeistliche griff nach der langen Zange, die neben der Pritsche lag und schon blutverschmiert war. Er griff damit in die aufgeplatzte Stelle des Kopfes, in die die Kugel eingedrungen war. Nach einer Weile hatte er die Silberkugel gefunden und zog sie heraus. Er reichte sie einem Soldaten, der sie in einem olivgrünen Stoffbeutel verstaute. Offenbar sammelten die Amerikaner ihre Silberkugeln wieder ein, nachdem sie sie verwendet hatten. Danach drehte er sich zu Schulze, der die Hände noch immer in der Luft hatte. Schulze erklärte dem Feldgeistlichen, der offenbar eine Führungsposition innehatte, dass er Zivilist sei und von den Nazis gezwungen wurde, seine wissenschaftlichen Kenntnisse für ihre finsteren Pläne einzusetzen. Der Geistliche war davon wenig beeindruckt und liess den Doktor festnehmen. Als die Amerikaner mit Schulze davonzogen wurde es still in dem Labor. Der Feldgeistliche liess, als sie an der Oberfläche angekommen waren, Verstärkung anfordern um den Bunker vollständig zu durchsuchen. Der Bunkerkomplex war noch weitläufiger, als sie angenommen hatten. Vielleicht würden sich in den verborgenen Räumen noch weiter Nazi-Werwölfe verstecken. Die Amerikaner zogen sich in ihr fünf Kilometer weiter nördlich gelegenes, provisorisches Lager zurück um auf die Verstärkung zu warten. Die Leichen der Supersoldaten wurden einfach liegengelassen. Doch in einer der vermeintlichen Leichen steckte noch Leben! Es war Kraus, der sich als Einziger vorsichtig regte. Er hatte sich nach einem Schuss in den Arm fallen gelassen und sich tot gestellt. Die Verletzung liess ihm bewusst werden, dass er auch als Werwolf verwundbar war. Er hoffte, dass auch einige seiner Soldaten seine Erkenntnis teilten und sich ergaben. Doch seine Zöglinge brachten sich nicht in Deckung, sie wollten kämpfen oder sterben. Kraus erhob sich und verliess diesen blutgetränkten, schrecklichen Ort ohne zu wissen, wo er hin sollte. Als er von den Schmerzen benommen auf den Flur trat und den Weg Richtung Treppe einschlug, hörte er ein heiseres Jaulen und ein Kratzen aus einer tieferen Etage. *Molke!* Fuhr es Kraus durch den Sinn. *Molke ist immer noch im Verliess eingesperrt! Und wahrscheinlich ist auch Schmitt irgendwo da unten.* Er eilte zum Wachlokal und holte den Schlüsselbund für die Zellen. Auf dem Weg zum Krankenzimmer suchte er den Schlüssel zur schweren Metalltür hervor. Als er aufgeschlossen hatte, erblickte er Molke in einer erbärmlichen Lage: sein ehemaliger Schüler hatte sich, durch die Isolationshaft in den Wahnsinn getrieben, selbst Teile seiner Hand abgenagt. Auch die Stelle hinter seinem Ohr hat er sich blutig gekratzt. Seine Haut war blass, das rötlich blonde Fell struppig. Er lag zusammengerollt auf dem Boden. Als er Kraus erblickt, stand er unbeholfen auf und trat aus seiner Zelle heraus. Kraus, dessen vorherige Benommenheit wieder verflogen war, wies Molke an, das Nötigste aus seiner Zelle in einen Rucksack zu stecken. Molke gab durch ein Nicken zu verstehen, dass er Kraus verstanden hat. Aus einer Zelle weiter den Flur herunter ertönte Schmitt`s Stimme. Kraus öffnete auch ihm die Tür. Schmitt sass auf dem Strohsack, der ihm als Bett diente. Wahrscheinlich wurde er durch den Tumult langsam wach und hatte dann Kraus` Schritte auf dem Flur gehört. Er sah den Hauptmann verträumt an. „Die Amis sind hier. Sie haben die meisten von uns erledigt, Schulze haben sie gefangengenommen. Packen sie schnell ihre Sachen zusammen, Schmitt, dann fahren wir davon!" Schmitt erhob sich, ging zu seinem Zimmer und tat wie es ihm geheissen wurde.

Auch Kraus hetzte zu seinem Zimmer. Er griff sich einige Kleider, Essgeschirr, Notproviant, und eine Feldflasche. In seiner bescheidenen Bibliothek waren, unter anderem, eine Ausgabe von Hitler`s

„Mein Kampf", Rosenberg`s „Mythus des 20 Jahr-
hunderts" und eine kleine Bibel in einem Lederfutte-
ral. Er verstaute Letztere in seinem braunen Wan-
derrucksack, ging zu Molke und trieb ihn an, schneller zu machen. Schmitt, der sein Zimmer auf demselben Flur hatte wie Molke, trat unbemerkt zu
Kraus hinzu. Er trug die grauen Uniformhosen, die
in hohen Lederstiefeln steckten, und eine braune Jacke aus grobem Stoff. Die Mischung aus Zivil- und
Militärkleidung wirkte zusammengewürfelt. Kraus
erschrak leicht, als er Schmitt bemerkte. „Wie lange
stehen sie eigentlich schon da, zum Teufel? Egal,
kommen sie Molke, gehen wir endlich." Gemeinsam
verliessen sie den Bunker. Sie gingen in der fortge-
schrittenen Dunkelheit den Waldweg hinunter bis
sie beim Fahrzeugpark angekommen waren. Der
Park war mit gespannten Planen überdacht und
durch reichlich Gebüsch gut getarnt. Kraus suchte
sich einen Kübelwagen aus, der in unauffälligem
dunkelblau angestrichen war. Er verstaute einige
Kanister Benzin, die beim Fahrzeugpark lagerten im
Kofferraum. Molke und Schmitt waren ihm dabei
behilflich obwohl der Geruch des Benzins Molke`s
empfindlicher Nase augenscheinlich nicht sehr be-
kömmlich war. Schliesslich hatte er sich noch immer nicht in einen gewöhnlichen Menschen zurückverwandelt und mit der Nase eines Werwolfs riecht
man eben viel intensiver. Sie stiegen ein und fuhren
davon, ohne ein richtiges Ziel zu haben.

Heimkehr in die Steppe

Kraus, Schmitt und Molke näherten sich der kasachischen Grenze. Als sie die Reise begonnen hatten, wusste Kraus nicht, wo er hinfahren sollte. Er nahm einfach den Weg, mit dem Alles angefangen hatte ohne wirklich zu wissen warum. Kraus hätte sich mit Molke und Schmitt ebenso gut in einer abgelegenen Waldhütte in Deutschland verstecken können. Aber er suchte die Weite der Steppe. Ihr bisheriger Weg hatte sie immer weiter nach Osten geführt. Sie fuhren über Landwege und Nebenstrasse nach Bulgarien. Die Fahrt dauerte mehrere Tage. In Bulgarien angekommen machten sie sich auf die Suche nach einem Piloten, der sie so nah wie möglich zur Steppe fliegen konnte. Jeder wusste, dass in den Cafés in der Nähe des Flughafens die Piloten auf Reisende warteten, die sie mit ihren privaten Maschinen transportierten. Die meisten Reisenden, die auf diese Weise flogen, hatten schlichtweg nicht genug Geld, um sich einen offiziellen Flug zu leisten. Das Problem bei der Reise mit dem Flugzeug war Molke`s Äusseres, das immer noch viel zu monströs war, als dass sie sich in der Öffentlichkeit unbehelligt bewegen konnten. Deshalb mussten sie ihm vor dem Flug das Gesicht rasieren und die Klauen so gut es ging abwetzten. So konnten sie ohne grosses Aufsehen zu erregen in ein Café gehen und sich einen Piloten suchen. Sie liessen sich zu einem kleinen Flugplatz im Norden des Irans fliegen. Dort organisierten sie sich einen Geländewagen, mit dem sie bis zur Grenze der kasachischen Steppe fuhren.

Die drei Nazi-Werwölfe befanden sich nun mit ihrem Geländewagen in der Grenzregion von Persien und der Sowjetunion. Sie passierten jenes Gebiet, in dem Schulze einst die Zyankalikapseln verteilt hatte. Es war eine karge Region, der Boden war hart und es gab nur Büsche oder Kräuter, keine Bäume, wie sie sie aus ihrer Heimat kannten. Auch keine Berge, sondern nur felsige Hügel. Die Erde war von heller, grau-brauner Farbe.

Um zu pausieren, fuhren sie mit dem Geländewagen von der Landstrasse weg, in Richtung eines Seitenarms eines Tals einer Hügelkette. Sie stellten den Wagen ab. Die Müdigkeit war gross, ohne etwas gegessen zu haben schliefen sie ein. Die Rast dauerte nur drei Stunden. Kraus hatte in dieser Zeit visionäre Träume. Zuerst war sein Traumerlebnis für seine Verhältnisse normal. Er erinnerte sich an sein Leben als normaler Mensch. Das Dasein als Werwolf erlebte er in diesem Traum zum ersten Mal als eine Krankheit, als einen Einbruch von etwas Abartigem in sein vorheriges, gesundes Leben. Er wünschte sich, dass er sich nie dafür entschieden hätte, bei Schulze`s Projekt teilzunehmen. Dann begann das wirklich Merkwürdige. Der seltsame, kahle Mann mit den zerschlissenen Kleidern tauchte wieder in seinem Traum auf. Schon einmal hatte er von ihm geträumt, nämlich als er von dem Einsatz zurückkehrte, bei dem sich Molke nicht mehr zurückverwandelte. Doch machte ihm der Alte nun keine stummen Vorwürfe mehr, obwohl seine Ausstrahlung immer noch etwas Hartes und Ehrfurchtgebietendes hatte. Er blickte Kraus aus seinen gelben Augen an. Es war ein etwas schmutziges, leicht bräunliches Gelb, aber es war strahlender und nicht so dreckig wie das Gelb der Augen von Molke und den anderen Werwölfen. Der Alte sagte nichts, er sah Kraus nur an. Auf einmal senkte der Alte den Blick. Auf seinem Gesicht breitete sich ein helles, fast weisses Licht aus. Das Licht blendete nicht und es war nicht durchschimmernd wie natürliches Licht. Es sah aus, als hätte es eine feste Konsistenz. Aus der Lichtquelle traten zwei Strahlen heraus. Sie flossen Kraus geradezu entgegen, sie umfingen und wärmten ihn mit einer Wärme, die nicht von dieser Welt stammte. Die Berührung des Lichts gab Kraus neue Kraft. Dieses seltsame Licht war jedoch keine blosse, physikalische Erscheinung. Es lebte und sprach zu Kraus, wenn auch in einer nicht verbalen Weise. Auf seine eigene Art lockte es Kraus weiter in die Steppe, es bekräftigte seine Entscheidung in dieses Ödland zu ziehen um dort das zu finden, was er suchte und von dem er sich selbst nicht im Klaren war, was es war. Das Lichterlebnis endete abrupt, Kraus war wieder hellwach. Er startete den Motor und setzte den Weg fort.

Als am nächsten Morgen die Sonne aufging, kamen sie bei dem Gasthof an, den sie bei ihrer ersten Mission in Kasachstan aufsuchten. Kraus befahl Molke im Kübelwagen zu warten. Schmitt war noch nicht ansprechbar, er schlief immer noch felsenfest. Er selbst betrat den Gasthof und steuerte den Wirt an. Dieser schien sich an Kraus zu erinnern, sagte aber nichts. Er verlangte nach Wasser für drei Tage, tragbaren Zelten, und einem Abstellplatz für den Kübelwagen. Der Wirt brachte ihm alles ohne Fragen zu stellen und wies ihn an, den Wagen in die nahegelegen Scheune zu stellen. Das wenige Geld, das Kraus bei sich hatte reichte nicht aus um Pferde zu mieten. Es wäre ohnehin fraglich gewesen, ob sie durch Molke, der immer noch im wölfischen Zustand verharrte, zu sehr aufgeschreckt worden wären. Kraus bezahlte und verschwand. Er fuhr den Geländewagen in die Scheune. Schmitt wurde inzwischen wach, Molke hingegen schien in einer Art geistigen Umnachtung vor sich hin zu dösen. Er reagierte jedoch, als Kraus ihn zum Aufbrechen aufforderte. Sie liessen nun den Resten Zivilisation hinter sich und schritten in die Steppe.

Kraus und seine Gefährten marschierten den ganzen Tag durch die Steppe. Um schneller voranzukommen hatten sich auch Kraus und Schmitt in Werwölfe verwandelt. Kraus trug dabei seine volle Wehrmachtsuniform, die er in seinen Rucksack eingesteckt hatte als er den Bunker verliess. Er war geistig immer noch mit der deutschen Armee verbunden, die ihm, trotz aller schlechten Erlebnisse, auch viel Gutes ermöglichte. Schmitt und Molke gaben jedoch schon von ihrer äusseren Gestalt her ein verschrobenes Bild ab. Sie trugen nur Teile ihrer

Uniform, die sie mit zivilen Kleidungsstücken er-
gänzten. Unter Molkes Wehrmachtsjacke, auf der
der Reichsadler prangte, guckte eine einfache blaue
Arbeitshose hervor, die er in seine Wollsocken gesteckt hatte damit die Hosenbeine nicht herumflat-
terten. Er hatte die Hose noch aus seiner Zeit als
Handarbeiter im Zuchthaus, sie sah entsprechend
ramponiert und geflickt aus. Schmitt sah mit seiner
braunen Jacke, den grauen Hosen und den Stiefeln
ebenfalls abenteuerlich aus.

Müde vom Marschieren entfachte sie am Abend ein
Feuer und richtete ein Lager ein. Kraus rührte gerade in der Suppe, die über dem Feuer brodelte, als
er Molke`s Unruhe bemerkte. Sein Begleiter, der im-
mer noch in seinem animalischen Zustand als Werwolf gefangen war, hat sich aus dem Schneidersitz
erhoben und schaute in die Ferne. Dann rannte er
wie der Teufel los. Kraus nahm schon die Hundepfeife zur Hand, sah aber rasch ein, dass es in dieser
Einöde keinen Sinn ergibt, Molke zurückzuhalten.
Eine Viertelstunde nachdem er verschwunden war
kehrte Molke zurück. Es war in der Zwischenzeit
schon dunkler geworden, die Sonne verschwand
hinter dem Horizont. Molke`s Gesicht war blutver-
schmiert, seine Kleidung hatte überall Flecken
dunklen Blutes. Er trug auf den Schultern eine Step-
pen-Hirschkuh. Ihr Hals war weit aufgerissen, der
Kopf baumelte nur noch an einem Stück Fleisch am
Körper. Müde von der Jagd und dem Tragen knallte
Molke seine Beute neben das Feuer. Er hockte sich
plump auf den Boden, dann streckte er sich in voller

Länge aus und fiel in einen erschöpften, kurzen
Schlaf. Der Geruch von gebratenen Innereien weckte
ihn auf. Kraus briet die Leber und die Nieren der
Hirschkuh über dem Feuer. Er wählte zur sofortigen
Zubereitung die Teile aus, die am schnellsten ver-
derben konnten. Die Gedärme und die anderen, un-
brauchbaren Innereien verscharrte Kraus abseits des
Lagers. Molke roch die Innereien immer noch obwohl sie vollständig mit Erde bedeckt waren. Er
dachte an seine Schlachthof Erinnerungen, daran
wie er als Junge die Innereien der Tiere entsorgte,
die sein Vater geschlachtet hatte. Damals war er an-
geekelt und fasziniert von dem Anblick der Gedärme und des blutigen Schleims. Auch in dem Moment, als er sich erinnerte, fühlte er den Ekel und
die Faszination. Jedoch begann nun eine Verände-
rung in Molke`s Innerem vorzugehen: die Faszina-
tion wurde immer mehr vom Ekel verdrängt. Als
Kind waren die Innereien und die aufgeschlitzten
Tierleiber interessant, sie gewährten Einblicke in das
Innere der Lebewesen die er sonst nicht gehabt
hätte. Die bunte Verschiedenheit der Organe und
die Vitalität des roten, warmen Blutes regten in der
Seele des jungen Molke neben dem Ekel vor allem
rauschhafte, lebendige Gefühle. Doch nun bekamen
die toten, zerfetzten Tierleiber mit ihren herausquel-
lenden Därmen immer mehr die Bedeutung von Tod
und Vernichtung. Molke nahm neben dem roten,
verspritzten Blut die stumpfen und erloschenen Augen der Leichen war. In ihm kam der irreale

Wunsch auf, die Köper der Tierleichen wieder zusammensetzen zu können und so das erloschene Leben wieder zurück zu holen. Während dem in seinem Inneren diese Wandlung vor sich ging kaute er langsam und geistesabwesend auf der Leber, die Kraus ihm gereicht hatte. Nachdem sie gegessen hatten zogen sich die drei Steppenwanderer in ihre Zelte zurück.

Kraus kroch am nächsten Morgen als erster aus seinem Zelt heraus. Er streckte sich, zog sich an und brach sein Zelt ab. Er faltete die Zeltbahn zusammen und fing an, seine dünne Schlafmatte zusammenzurollen als auch Molke aufstand. Als sein ehemaliger Zögling sich den Schlaf aus den Augen rieb fiel Kraus auf, dass Molke nun weniger Haare im Gesicht hatte. Sein Gesicht, das vorher vollständig von struppigem rötlichem Haar umrahmt war, war jetzt bis auf einen buschigen Backenbart wieder glatt. Seine Augen waren immer noch gelb, hatten aber einen weniger irren Ausdruck als vorher. „Guten Morgen, Molke. Sie sehen aber frisch aus. Geht es ihnen wieder besser?" „….besser. …Aber immer noch ein Surren im Kopf…... Komme mir vor als ob ich in eine Wand gelaufen wäre….Kann nicht lange reden… bekomme Kopfschmerzen wenn ich rede….". Molke antwortete mit einer heiseren, leisen Stimme. Und er lallte ein wenig wie ein Betrunkener. Aber wenigstens konnte er ein bisschen sprechen. Kraus liess Molke in Ruhe seine Sachen zusammenräumen, dann marschierten sie weiter.

Es war Schmitt, der Kraus nach einer Weile fragte,

was sie hier draussen überhaupt suchten. Kraus überlegte sich, wie er seinem emotional unterentwickelten Begleiter sein Vorhaben am besten erklären konnte. Er war verunsichert darüber wie viel er ihm erzählen soll und wie viel Schmitt überhaupt fassen konnte. „Vor einigen Monaten war ich schon hier. Ich nahm damals als Protokollschreiber an einer wissenschaftlichen Expedition Dr. Schulze`s teil. Er suchte in dieser Gegend nach Werwölfen, um ihnen Blut abzunehmen und daraus ein Serum zu gewinnen. Er wollte die Fähigkeiten der Wolfsmenschen mit dem Serum auf seine Soldaten übertragen. Bis auf wenige Zwischenfälle hatte es auch recht gut funktioniert. Nun, wo unsere Division grösstenteils vernichtet wurde, müssen wir uns nach einer passenden Zuflucht umsehen. Ich dachte mir, dass es das Beste ist wenn wir uns in die Steppe zurückziehen bis Gras über die Sache gewachsen ist…In ein paar Jahren können wir vielleicht nach Deutschland zurückkehren." „Was ist mit den Werwölfen, die sie gesucht haben? Sind die noch hier?" Kraus war erstaunt, dass Schmitt das Gespräch von sich aus weiterführte. „Ja, wahrscheinlich…." Er unterbrach sich selbst und überlegte sich, ob er Schmitt von seinen seltsamen Traumerlebnissen erzählen sollte „Sagen sie Schmitt, glauben sie an etwas? An Gott, oder das Übernatürliche?" fragte er um Schmitt`s Geisteshaltung, seine innere Orientierung herauszufinden. „Ja, an beides. Ich interessierte mich schon immer für das Paranormale. Ich las einmal einen Zeitungsartikel eines Doktors des Paranormalen. Und als Jugendlicher war ich dabei, als mein Onkel starb. Er war krank. Als er dann gestorben ist, sind alle Birnen in seinem Haus durchgebrannt. Das war ein Abschiedsgruss seiner Seele, die in den Himmel gegangen ist." Dies war das erste Mal, dass Kraus Schmitt für längere Zeit reden hörte. Der unnahbare Schmitt steckte voller Überraschungen. Der Hauptmann erkannte nun, dass er seinem Soldaten das Traumerlebnis offenbaren konnte. Er erzählte ihm von dem Licht, das ihn umgab und zu ihm sprach. „Das hört sich interessant an. Ich glaube, das war der Geist Gottes, der sich in der Vision gezeigt hatte. An Pfingsten ist er ja auch in Form von Feuer erschienen. Das kommt mir ziemlich ähnlich vor. Vielleicht war es auch Jesus, er hat ja von sich auch gesagt, dass er das Licht sei. Weiss auch nicht mehr bei welcher Stelle er das gesagt hat. Aber ich glaube eher dass es der Geist gewesen ist. Jesus hätte sich bestimmt in seiner menschlichen Gestalt erkennbar gemacht. Ich verstehe nur nicht, warum Gott uns in die Steppe führen will...." Wieder war Kraus durch Schmitt erstaunt. Er fragte ihn, woher er diese Dinge wisse. „Ach... ich habe im Religionsunterricht gut aufgepasst. Ich finde das eben interessant." Kraus bemerkte, dass Schmitt etwas beleidigt war. Es war Kraus` Staunen über Schmitt`s Kenntnisse, das ihn beleidigte. Das Staunen verriet Schmitt, dass Kraus nicht erwartet hatte, dass er über solche Dinge Bescheid wusste. *Denkt er sich etwa, dass ich gar nichts weiss? Dass ich nur so vor mich hinlebe? Dabei ist es das*

Normalste der Welt, sich mit solchen Dingen zu befassen,
dachte sich Schmitt. *Eigentlich ist er es, der nicht Be-*
*scheid weiss, über mich und das Leben....*Schweigend
gingen sie weiter. Während des Gesprächs zwischen
Kraus und Schmitt beschränkte sich Molke auf das
Zuhören. Und doch brachte er noch nicht alles auf
die Reihe, was die anderen zwei besprachen. Er
nahm nur Gesprächsfetzen auf. Sein Gehirn war immer noch dabei, sich langsam umzustrukturieren.
Dies wirkte sich auf seine mentalen Fähigkeiten aus.
Als die Sonne ihren Zenit erreicht hatte, legten die
drei Nazi-Werwölfe eine Rast ein. Sie zehrten von
ihrem Notproviant, das aus Dörrfrüchten, Nüssen
und Fleischkonserven bestand. Schmitt`s sardoni-
scher Ärger von vorhin war verflogen. Kraus versuchte, das Gespräch wiederzubeleben: „ Ihre Frage
von vorhin ist mir durch den Kopf gegangen, Schmitt. Ich denke, dass dieses göttliche Licht aus meinem Traum uns in die Steppe locken will, damit wir
die restlichen Werwölfe finden. Vielleicht kennen
diese ja ein Heilmittel oder können uns sonst wie
helfen." „Das denke ich auch. Ein anderer Grund
könnte sein, dass Gott uns von den anderen Menschen trennen will, damit wir keinen Schaden an-
richten. Vielleicht will er uns auch in die Steppe führen, damit wir uns in der Einöde unserer Schlechtig-
keit bewusst werden. Aber wir werden zuerst die
anderen Werwölfe finden müssen, um genaueres
herauszufinden....." Schmitt antwortete ganz ruhig,
ohne Sentimentalität oder übertrieben Schuldge-
fühle. Nach dem kurzen Gespräch erhoben sich die

Drei und zogen weiter in die Steppe.

Kraus wurde während dem nachmittäglichen
Marsch nach und nach von dem Gefühl beschlichen,
dass sie von einer schier übernatürlichen Macht beobachtet werden. Er sah sich öfters um, aber hinter
ihnen stand Niemand. Aus dem Augenwinkel heraus beobachtete er Molke, der nichts von allem zu
bemerken schien. Schmitt marschierte ebenfalls vor
sich hin ohne sich etwas Aussergewöhnliches an-
merken zu lassen. Kraus rätselte über dieses seltsame Gefühl nach, er versuchte es sich ganz rational
mit einem leichten Sonnenstich zu erklären. Er hatte
gehört, dass das Gehirn anfängt zu spinnen, wenn
es zu lange der Sonne ausgesetzt ist. In der kurzen
Marschpause, die sie einlegten, kramte er in seinem
Rucksack nach seiner Wehrmachtsmütze, um sein
Hirn vor den Sonnenstrahlen abzuschirmen. Er
fischte die zur Uniform gehörende Mütze heraus.
Auf seiner Stirn prangte seit langem wieder ein Ha-
kenkreuz. Als er die Mütze aufsetzte, schaute er
nach Molke, der sich inzwischen im Schneidersitz
auf dem Boden niedergelassen hatte und aus seiner
Feldflasche trank. Er wollte Ihn gerade dazu mah-
nen, nicht zu schnell und nicht zu viel zu trinken
um einen Magenkrampf zu vermeiden, als er erneut
von dem Gefühl übermannt wurde, beobachtet zu
werden. Er fuhr herum und da stand der uralte
Mann mit den gelben Augen. Er hielt die Augen
sperrangelweit offen, obwohl er direkt in die Sonne
blickte, die hinter Kraus dem Horizont entgegen-

wanderte. Es war jedoch nicht das einzige Merkwürdige an dem Alten, noch seltsamer war, dass sein
Körper durchsichtig erschien. Es wirkte, als ob die
Sonnenstrahlen einfach durch ihn hindurchscheinen
würden. Der Alte musterte Kraus eine Weile, dann
schaute er mit einem bemitleidenden Blick nach
Molke, der unbekümmert aus seiner Feldflasche
trank. Auch Schmitt wurde von der Geistergestalt
begutachtet. Der Alte schüttelte leicht den Kopf über
die wunderlichen Gefährten des Hauptmanns. Dann
wandte er sich wieder Kraus zu. Er zeigte mit seinem langen, dünnen Arm in die ferne Hügelkette
am Horizont. Kraus schaute seinem Arm entlang in
die Ferne, dann drehte er den Kopf wieder zum Alten, der jedoch plötzlich verschwunden war. Er
fragte sich, ob er jetzt übergeschnappt ist. Aber die
zwei Fussabdrücke vor ihm stammten eindeutig von
dem Alten. Für ihn reichte dieser Beweis aus um der
Weisung der Erscheinung des Greises zu folgen.
Kraus befahl Molke, die Pause zu beenden. Ohne
eine weitere Erklärung abzugeben steuerte er den
neuen Weg an, der ihm von der Geistererscheinung
gezeigt wurde. Sie marschierten immerzu in Richtung der Hügelkette. Obwohl Molke nicht mehr
ganz klar denken konnte, bemerkte er, dass Kraus`
Schritte zielstrebiger waren als zuvor. Er fragte seinen Meister nicht nach einer Erklärung, er mochte
nicht sprechen, und wollte sich erst recht keine Erklärung anhören. Sein Geist funktionierte auf einer
viel einfacheren Ebene. Obschon er sich nach seiner
merkwürdigen Schlachthof-Erinnerung ein wenig

zurückverwandelt hatte, war sein Verstand immer noch getrübt. Aber zum Glück war es nicht mehr so schlimm wie damals in seinem „Krankenzimmer" im Bunker, als er sich in seinem Wahn selbst Teile seiner Hand abgefressen hatte. Damals drehte sein Verstand wie ein Kreisel. Er hätte seine Kraft unbedingt abreagieren sollen, aber in seinem Verliess gab es nichts zu jagen, er konnte nicht einmal ungehindert umherrennen. Seine übernatürliche Energie stockte in ihm. Sie liess sein Gehirn überdrehen, bis er sich an sich selbst abreagierte ohne sich im Klaren zu sein, was er überhaupt tat. Wenigstens war er nun auf dem richtigen Weg, um von seiner Werwolf Natur los zu kommen.

Als Kraus und seine Begleiter die Hügelkette erreichten, war es schon Abend. Kraus beschloss, dass sie ihr Lager aufbauen und sich ausruhen sollen. Sie sollten ihren Weg am nächsten Tag mit frischer Energie fortsetzen.

Der folgende Tag begann mit einer weiteren Merkwürdigkeit: Als sie ihre Lager abgebrochen hatten, funkelten Kraus aus den Schatten des Hügeltals zwei gelbe, glühende Augen entgegen. Es war kein Körper zu den Augen zu sehen, nur die zwei glühenden Punkte, die Kraus anstarrten. Kraus wusste, dass er auf dem richtigen Weg war und schritt voran. Das Tal, das sie durchschritten gabelte sich nach kurzer Zeit. Intuitiv wusste Kraus, dass sie den rechten Weg nehmen sollten. Sie marschierten eine Weile auf dem kargen Steppenboden, dann wand sich das Tal nach rechts und wurde immer weiter, es mündete letztendlich in einen weiten Platz. Kraus staunte als er all die Zelte sah, die über den ganzen Platz verstreut waren. Es gab einige Feuerstellen, um welche Leute in zerschlissener, brauner Kleidung sassen. Die meisten von ihnen hatten stechende, gelbe Augen, mit denen sie die zwei Fremden fixierten. Kraus verstand, dass dies hier eine Art Kolonie von Wolfsmenschen war. *Hier leben also die Werwölfe, die Schulze einst gesucht hatte!* Fuhr es Kraus durch den Kopf. Wahrscheinlich war auch derjenige darunter, der Kraus gebissen und angesteckt hat.

Eine der Gestalten, die auf ihn gewartet zu haben schien, winkte die drei Nazis zu sich und führte sie zu einem runden Zelt. Er hob eine Plane des Zeltes an und hiess Kraus einzutreten, was dieser ohne Widerrede tat. Die anderen beiden mussten vor dem Zelt warten. Kraus trat in den karg eingerichteten Raum. In der Mitte stand eine Art Thron. Als sich seine Augen an das Halbdunkel des Zeltes gewöhnt hatten, erkannte er die Gestalt, die auf dem Thron sass: es war der Alte! Die Geistererscheinung, die ihm in seinen Träumen erschienen ist und ihm den Weg gewiesen hatte war also eine Art König in dieser Kolonie der Wolfsmenschen! Der Alte sass entspannt auf dem Thron, seine Füsse hafteten fest auf dem Boden, die Hände hatte er in den Schoss gelegt. Sein Blick war gesenkt, er schien kaum auf die Gegenwart seines Gastes zu reagieren. Kraus musterte den Alten genau. Er betrachtete seinen kugeligen, haarlosen Kopf, der in einem starken Kontrast zu seiner

Fellkleidung stand. Seine Haut war pergamentartig und blass-gelblich, die Gesichtszüge streng. Der alte Mann fing an sich zu regen. Langsam, kaum merklich hob er den Kopf. Seine gelben Augen leuchteten wie Feuer in der Dunkelheit. Lange starrte er Kraus an. Auf einmal hatte dieser das Gefühl, als ob ihm jemand den Teppich unter den Füssen weggezogen hätte. Um ihn herum wurde es schwarz. Vollkommene Dunkelheit umfing ihn. Nach und nach entstand um ihn eine Umgebung, die Kraus noch nicht kannte. Es war eine bergige Landschaft, in der er sich nun befand. Vor ihm waren lauter Feldlager aufgebaut. Hinter ihm ragte eine gewaltige Burg aus riesigen Steinen zum Himmel. Weil sich das einfache Volk nicht vorstellen konnte, wie Menschen solche gewaltigen Steine transportieren konnten, schrieben sie den Bau der Burg den Zyklopen zu. Darum nannten sie die Festung Zyklopenburg. Das Tor der Burg öffnete sich unter Quietschen und Knarren. Es schien als ob es von Geisterhand geöffnet werden würde. Kraus trat ein und beschritt intuitiv die Treppe, die nach unten führte. Im Kellergeschoss angekommen, strebte er auf das Licht mehrerer Fackeln zu, das aus einem zum Gang hin offenen Zimmer schien. Es waren Männer in langen, dunklen Gewändern, die die Fackeln trugen. In ihrer Mitte befand sich ein Altar, auf dem ein gefesselter Mann lag. Hinter dem Altar stand der alte Mann, nur dass er in dieser Vision deutlich jünger war. Er trug damals noch halblanges, schwarzes Haar, seine Haut war noch nicht so pergamentartig und sein

Gesicht war fülliger. Die junge Version des Alten hielt einen Dolch in der Hand. Der Gefesselte schien sich in einer Trance zu befinden, er reagierte nur sehr schwach auf das, was in seiner Umgebung passierte. Ein leises Stöhnen verriet, dass er sich seiner Situation halbbewusst war. Der Alte nahm das Messer in beide Hände und hob es über seinen Kopf. Er schloss seine Augen, atmete tief ein und aus. Die Fackelträger murmelten zuerst leise einen rhythmischen Gesang. Sie steigerten sich immer mehr und mehr, das Gemurmel wurde nach und nach zu einem Dröhnen. Auf dem Höhepunkt des Gesangs öffnete der Alte die Augen und liess das Messer herunterfahren. Er stach mehrmals auf den benommenen Mann ein, bis sein helles Gewand blutbespritzt war. Dann öffnete er den Brustkorb des Getöteten und schnitt das Herz heraus. Er biss in das vor kurzem noch pulsierende Organ, kaute und schluckte herunter. Danach drehte er sich herum zu einer Statue, die sich hinter ihm an der Rückwand des Altars befand. Er kniete sich hin und hielt die Überreste des Herzens der Statue entgegen. Dabei hielt er den Kopf gesenkt und murmelte vor sich hin. Plötzlich begann vom Gesicht der Statue her ein gleissendes Licht zu leuchten. Zwei Strahlen schossen aus der Lichtquelle hervor, die das Antlitz der Götterstatue verdeckte. Die Fackelträger erschraken vor dem Licht, einige ergriffen die Flucht. Die zwei Strahlen richteten sich auf den Alten. Sie zwangen ihn mit einer überirdischen Gewalt in die Knie. Eine leise und doch tiefe und erschütternde Stimme erklang von dem Licht her. Sie sprach in einer unverständlichen Sprache, doch ihr Ton war drohend. Der Alte fing an zu schreien, doch seine Stimme versagte. Plötzlich erlosch das göttliche Licht. Der Raum wurde nur noch vom Schein der wenigen Fackelträger, die nicht flüchteten, erhellt. Der Alte kauerte hinter dem Altar. Dampf stieg von ihm auf. Die Fackelträger traten zu ihm um nach ihm zu sehen. Als sie ihn erblickten flohen auch sie, mit blankem Entsetzen im Gesicht. Kraus, der die ganze Zeremonie, der er beiwohnte, nicht ganz verstand, ging nun selbst hinter den Altar um nachzusehen, was die Fackelträger so entsetzte. Er sah den Alten dort liegen, das Gesicht schmerzhaft verzerrt. Er raufte sich die Haare und wand sich auf dem Boden wie ein Besessener. Er gab gurgelnde Laute von sich, die zu einem Knurren wurden. Als er die Augen öffnete blickte Kraus in dieselben stechenden, gelben Augen die er von dem Alten schon kannte. Nur war das Gelb seiner Augen schmutziger. Es war weit entfernt von dem hellen, überirdischen Gelb des göttlichen Lichts. Kraus, der schon viele Wolfsmenschen gesehen hatte, war schockiert von dem Anblick. Es kam ihm vor, als ob er hier den Ur-Werwolf vor sich hatte, den ersten Werwolf, dessen animalische Kraft nicht von einem Serum aus einem Labor herkam. Nein, es war ein göttlicher Eingriff, der den Alten zum Monster werden liess. Seine Kraft und sein Wahnsinn waren etwas noch nie dagewesenes. Sein Gesicht hatte kaum noch menschliche Züge. Im Gegensatz zu den Zuchtwerwölfen von Schulze hatte der Alte eine

richtige Wolfschnauze und kein flaches Gesicht.
Kraus blickte in die rasenden, schmutzig-gelben Augen, sie waren das einzige das er bewusst wahrnahm. Alles andere verschwamm zu einer Neben-
sächlichkeit. Seine Umgebung verwandelte sich erneut in Schwärze. Kraus schien zu schweben, doch
er gewann bald den Boden unter den Füssen zurück.
Er sah nun den Greis vor sich, wie er in der Hütte
auf dem Thron sass. Erleichtert und fassungslos atmete er aus. Er war wieder in die Normalität zurückgekehrt. Es gab viele Fragen, die er dem Alten
stellen wollte. Doch der junge Wolfsmensch der ihn
in das Zelt einliess rief ihn wieder heraus. Der Alte
schloss die Augen wieder und versank in sich selbst.
„Keine Fragen. Genug gesehen heute." sagte der ju-
gendliche Werwolf in gebrochenem Deutsch zu
Kraus, der sich über die Sprachkenntnisse des Jungen verwunderte.
Molke sah sich in der Zwischenzeit in der Werwolf-
Kolonie um. Er ging nicht weit weg von dem Zelt, in
das Kraus eintrat. Schmitt blieb mit abwesendem,
gesenktem Blick bei dem Zelt. Die Leute, die Molke
um sich wahrnahm, schienen ihm alle mit etwas
Seltsamen behaftet zu sein. Eine Gemeinsamkeit der
Wolfsmenschen war, dass sie mehrheitlich zerschlis-
sene Kleidung trugen. Jeder Stoff, den sie am Leibe
trugen, war bräunlich, ausgefranst und viel zu oft
geflickt. Die Haare waren bis auf wenige Ausnah-
men pechschwarz, die Haut gelblich, manchmal
auch leicht olivfarben. Als er die Gestalten genauer
betrachtete fiel ihm auf dass einige Dinge, die sie bei

sich hatten, aus einer anderen Zeit zu stammen
schienen. Molke war verblüfft als er bei einem der
Wolfsleute, der als einer der Wenigen hellbraunes
Haar trug, über den Kleidern ein löchriges Ketten-
hemd bemerkte. Ein anderer hatte seinen Umhang
mit einer mittelalterlich wirkenden Fibel zusammen-
geheftet. Ein dritter trug Messingknöpfe, die vielleicht 2 oder 3hundert Jahre alt waren, auf einer
Schnur aufgereiht als Halskette. Eine Gestalt fiel ihm
besonders auf: es war ein älterer Mann mit einer
goldbestückten Kopfbedeckung und vielen Ohrrin-
gen. Um die Handgelenke trug er goldene Reifen,
die in der Sonne glänzten. Der goldene Schmuck,
den der Mann trug, stand in einem Kontrast zu seiner zerschlissenen Tunika. Molke fühlte sich durch
diesen Mann an eine Gestalt erinnert die er aus dem
Religionsunterricht kannte. Es war der babylonische
König Nebukadnezer, von dem sein alter Lehrer
ihm erzählte. Der Lehrer zeigte ihm auch Bilder, die
diesen König darstellen sollten. Darunter war eine
Münze mit dem Profil des Königs zu sehen, die sich
Molke besonders gut ins Gedächtnis einprägte. Der
Mann, den er nun in dieser Kolonie von Wolfsmenschen begegnete, sah genauso aus wie der Mann auf
der Münze. Er war vielleicht etwas älter, aber die
Gesichtszüge und vor allem der Schmuck stimmten
überein. Molke rief sich die Geschichte des babyloni-
schen Königs in Erinnerung. Er wusste noch, dass
sich dieser König gegen Gott aufgelehnt hatte und
darum verflucht wurde, mit verwirrtem Verstand
wie ein Tier zu leben. *War Nebukadnezer etwa auch ein*

Werwolf? fragte sich Molke. Und wenn Nebukadnezer, der vor mehr als 2000 Jahren gelebt hatte, wirklich hier ist und immer noch lebt, wie lange kann dann ein Werwolf überhaupt leben? Molke wurde schwindlig von seinen unbeantworteten Fragen. Mit seinem benebelten Werwolf-Gehirn konnte er nicht mehr weiter denken. Benommen hockte er sich vor das Zelt, in das Kraus eintrat, und wartete auf seinen Meister. Als dieser nach einiger Zeit zurückkehrte, erhob er sich wieder. Molke sah ihn fragend an, doch Kraus schien selbst zu verwirrt zu sein um seinem Zögling Erklärungen abzugeben.

Der junge Wolfsmensch, der Kraus aus dem Zelt führte, gab den drei Fremden mit Handzeichen zu verstehen mit ihm zu kommen. Er führte sie mit den Worten „jetzt essen" zu einem Lagerfeuer, an dem seine Leute sassen. Der Eingang des Zeltes hinter dem Lagerfeuer war mit einem Pferdeschädel verziert. Kraus fragte sich, ob das der Schädel des Pferdes war, das bei ihrer ersten Expedition gerissen wurde. Der Halbwüchsige hiess Kraus und Molke, sich hinzusetzen. Die Anderen lächelten sie an und zeigten dabei ihre spitzen Reisszähne. Kraus, Molke und Schmitt fühlten sich in dieser bizarren Runde willkommen, es war, als ob sie nach langer Zeit wieder zu Hause angekommen wären. Molke`s vorheriger Schwindel wurde durch die Aussicht auf eine Mahlzeit vertrieben. Herzhaft biss er in das Fleisch, das ihm vom Feuer gereicht wurde. Neben dem vielen Fleisch, das an Spiessen über den Flammen hing, gab es auch noch einen Kessel in dem etwas Unbekanntes vor sich hin kochte. Der Älteste der Wolfsfamilie hob den Deckel immer wieder etwas an und schaute nach, ob alles in Ordnung ist. Nachdem das Fleisch verspeist war, wurden verbeulte Blechbecher herumgereicht. Der Alte schöpfte jedem eine Kelle des mysteriösen Kesselinhalts ein. Kraus begutachtete seinen Becherinhalt. In dem bräunlichen Wasser schwammen allerlei Kräuter, die jedoch zu klein gehackt waren um zu erkennen was es war. Kraus schaute fragend zu dem Wolfsjungen, der ihn zur Feuerstelle geleitet hatte. „ Trinken!" befahl der Jugendliche fröhlich. Kraus leerte den Becher und hiess gab dem zweifelnden Molke zu verstehen, dass er ebenfalls trinken soll. Schmitt dagegen hatte keine Bedenken. Er nippte schon vor Kraus an der heissen Brühe. Als die drei ehemaligen Nazis ihre Becher geleert hatten, wurden sie ganz schwer. Der Becher glitt Kraus aus der Hand, sein Gehörsinn wurde immer unschärfer und in seinem Kopf drehte sich alles. Um ihn herum wurde alles dunkel, er bemerkte gerade noch, wie haarige Hände nach ihm griffen und seinen Sturz aufhielten.

Die Wolfsmenschen trugen ihre Neuankömmlinge in ihr Rund-Zelt und legten sie auf Schlafmatten. Die drei Werwolf-Soldaten wurden von bedeutungsvollen Träumen übermannt. Der Uralte stellte eine telepathische Verbindung mit dem schlafenden Kraus her. Er konnte seinem neuen Schützling im Zelt noch nicht die ganze Wahrheit über sich und die Seinen vermitteln. Kraus hätte sich im Wachzustand nur gegen die geistige Kontaktaufnahme gesperrt. Doch nun, wo Kraus entspannt und geistig unvoreingenommen war, konnte sich der alte Mann ihm offenbaren. Er zeigte ihm auf telepathische Weise, dass er, der Uralte, der König Lykaon ist. Mit dieser Erkenntnis wurde für Kraus vieles klarer. Er erinnerte sich an die Sage über den König, die er in seiner Jugend gelesen hatte. Er hatte auch Dr. Schulze über Lykaon sprechen gehört. Nun verband sich in Kraus` Verstand die Vision im Zelt mit der neuen Wahrheit die ihm offenbart wurde und dem, was er schon über den König Lykaon wusste. Ihm wurde klar, dass der Alte ein biblisches Alter von etwa 3500 Jahren haben musste. Er verstand nun, dass der König das Menschenopfer vollführte, um im Kampf gegen seine Feinde siegreich zu sein. Nur hatte der höchste Gott keinen Gefallen an diesem Opfer, er strafte Lykaon damit, dass er ihn zu einem Dasein als Werwolf verbannte. Sein animalisches Äusseres sollte sein abgeirrtes Machtstreben zum Ausdruck bringen und eine Warnung für die Menschen sein. Lykaon war durch die Kombinationsgabe und das rege Interesse von Kraus beeindruckt. Er zeigte seinem neuen Schützling, dessen Fassungskraft noch lange nicht überschritten war, wie sich der Fluch der Werwölfe über die Welt verbreitete. Kraus sah vor seinem geistigen Auge, wie Lykaon seinen Fluch zuerst als Segen missverstand. Er dachte, dass seine neue Gestalt ihm in der Schlacht hilfreich sein sollte. Mit seiner übernatürlichen Kraft konnte er die Schlacht zunächst tatsächlich für sich gewinnen. Wie ein Wirbelsturm fegte er durch die Reihen seiner entsetzten Feinde. Als er bemerkte, dass er seine Kräfte durch einen nicht tödlichen Biss weitergeben kann, stellte er eine Armee aus Werwölfen auf. Im Verlauf eines dunklen Rituals fügte er einem nach dem Anderen eine Bisswunde zu, die ihre Wirkung nicht verfehlte. Die erste Werwolf-Armee entstand. Nach den ersten Schlachten, die die Werwölfe für sich entschieden, bemerkten sie die ersten Nachteile ihres neuen Daseins. Sie konnten sich nicht mehr in gewöhnliche Menschen zurückverwandeln. Als die Wolfskrieger alle Feinde Arkadiens vernichteten zog Frieden ein. Die Werwölfe wurden nutzlos. Sie konnten nun ihre Kräfte nicht mehr im Krieg austoben. Der Adel Arkadiens sah in den Werwölfen eine Gefahr. Früher oder später würden sich die Werwolf-Krieger in ihrer aufgestauten Raserei gegen ihr eigenes Volk richten. Sie vertrieben Lykaon und seine Wolfsmenschen mit brennenden Fackeln und Lanzen. Für den ehemaligen König und seine Getreuen begann die jahrhundertelang dauernde Zeit der Verbannung. Sie konnten sich lange in den dunklen Tälern Arkadiens verstecken. Für die Bevölkerung wurden sie über die Jahre zur Legende. Ungewollt sorgten die Werwölfe immer wieder dafür, dass sich ihre Krankheit verbreitete. Wenn auch selten kam es doch vor, dass ein wildes Tier, das schon von einem Werwolf gebissen oder gekratzt wurde, entfliehen konnte. Dieses verfiel dann in einen tollwutartigen Zustand. Es gab die

Infektion weiter, wenn es einen Reisenden anfiel.
Dieser wiederum steckte weitere Menschen an.
Lykaon rief die einzelnen, zerstreut Lebenden Werwölfe auf telepathische Weise zu sich. Wie bei Kraus
sprach er in ihren Träumen zu ihnen. Der ehemalige
König erkannte, dass sein früheres Machtstreben
verkehrt war und fühlte sich für die Verbreitung
dieser Krankheit verantwortlich. Deshalb bemühte
er sich darum, die Werwölfe zu sammeln und ihnen
ein Leben unter ihresgleichen zu bieten. Seine tele-
pathischen Fähigkeiten entstanden im Lauf der
Jahre. Die psychischen Urkräfte, die in ihm durch
die Verwandlung geweckt wurden, hatten sich im
Lauf der Jahre zu mentalen Fähigkeiten weitergebil-
det. Diese nutzte er nun, um die vereinzelten Werwölfe zu sich zu leiten.
Auf diese Weise fanden sich im Lauf der Jahrhunderte die Werwölfe zu einer zusammengewürfelten
Gemeinschaft zusammen. Es waren Gestalten aus allen Zeiten, Ständen und Völkern dabei: Babylonier,
Griechen, Römer, Bauern, Ritter und Mönche.
Schliesslich fand sich dieser bunte Haufen von
Wolfsmenschen in der eurasischen Steppe ein. Ein
Ort, an dem sie genug Platz und Ruhe fanden um zu
leben.
Lykaon zeigte Kraus nun seinen eigenen Werde-
gang. Wie er selbst zuerst dem Irrsinn der Nazi-Ide-
ologie erlag und dann, zuerst unfreiwillig, zu einer
reissenden Bestie wurde. Kraus wurde es übel. Er
sah mit aller Deutlichkeit wie vermessen seine Wünsche Ziele und Gedanken waren. Er wollte damals

aus dem gewöhnlichen bewährten Leben ausbrechen ohne sich darüber Gedanken zu machen, wo ihn dieser Weg hinführte. Die Auftritte der Nazis mit ihren wehenden Fahnen und dem militärischen Auftreten waren genau das, was seinem Wunsch nach dem Abenteuerlichen entsprach. Von da an war es nur noch ein kleiner Sprung für ihn, sich in ein reissendes, kraftstrotzendes Monster zu verwandeln. In Kraus Verstand drehte sich alles. Sein Geisteszustand war dem des Werwolfs ähnlich, nur dass er nun schnellstmöglich wieder ruhig und klar werden wollte. Ihm war nun klar, dass der Mensch nicht dazu geschaffen war, in einem permanenten Rausch zu sein. Er sehnte sich nach Frieden, Ruhe und Klarheit. Genau das hatte Lykaon beabsichtigt, unbedingt wollte er seinem Schützling mit aller Deutlichkeit den Weg zum richtigen Leben zeigen. Nun, wo er sein Ziel erreicht hatte, zog sich Lykaon aus Kraus Traum zurück und liess ihn in Ruhe schlafen.

Am nächsten Morgen wurde Kraus nur langsam wach. Es schien, als ob sein Gehirn durch den seltsamen Kräutertee und die telepathische Verbindung mit Lykaon überlastet worden wäre. Er erhob sich erst gegen Vormittag. Molke, der in seiner Nähe auf der Matte lag, ging es ebenso wie Kraus. Auch er erholte sich nur langsam von der vorherigen Nacht. Sie blickten sich aus müden Augen an, Kraus fragte Molke nach seinen Träumen. „Die Leute hier… die meisten sind hunderte von Jahren alt…Einige sind sogar über tausend. Sie werden alle so alt, weil sie

Wolfsmenschen sind. Sie müssen zur Strafe übermenschlich lang leben…..wir sind verflucht…." In
Molke`s letzten Worten schwang eine trostlose Trau-
rigkeit mit. Die Vorstellung, für Jahrhunderte an ein
Leben in dieser zusammengewürfelten Siedlung gebunden zu sein war für Molke zweifellos eine trübe
Vorstellung. Kraus wollte seinen Kameraden nicht
mit aufmunternden Worten zu einer optimistischen
Sichtweise bringen. Schliesslich war er sich bewusst,
dass ihre Lage nicht gerade erheiternd war. Aber es
war eben das beste Leben, das für sie unter diesen
Umständen möglich war. Schmitt wachte für seine
Verhältnisse erstaunlich schnell auf. Ihm war nicht
anzumerken, ob er im Schlaf eine Eingebung hatte
oder nicht. Sein gräulich-blasses, maskenhaftes Gesicht war undurchschaubar.
Kraus trat als erster aus dem Zelt und suchte den
Anschluss an die Wolfsfamilie, die ihn in ihrem Zelt
aufnahm. Der Junge, der ihn gestern zum Zelt gelei-
tet hatte, nahm ihn als erster wahr. Er winkte ihn zu
sich und reichte ihm trockenes Fleisch aus einer
Schüssel. Erst jetzt spürte Kraus, wie hungrig er
war. Seine Träume zehrten nicht nur an seinem Gehirn, sondern auch an seinem Magen. Gierig biss er
in das salzige Fleisch. Nachdem er sich satt gegessen
hatte schaute der Junge ihn mit besorgter Miene an
und sagte: „ Ein Mann uns suchen. Er sieht aus wie
du, nur hellere Haare, wie Stroh. Mit ihm sind einige Männer. Sie reiten Pferde. Dasselbe als du ers-
tes Mal hier. Was wollen die Leute?" Als Kraus
hörte, was der Junge ihm da erzählte wurde ihm

übel. Beinahe erbrach er das Fleisch, das er vorher so gierig gegessen hat. Es konnte kein anderer als der gute alte Dr. Schulze sein, der seinen Vorrat an Werwolf-Serum aufstocken will. Für wen er jetzt wohl arbeitet? Das Deutsche Reich war ja untergegangen, genauso wie der Grossteil der Werwolf-Division. Wahrscheinlich stellt er seine wissenschaftlichen Fähigkeiten jetzt in den Dienst der Amerikaner oder der Russen. Kraus ging zu König Lykaon, der offensichtlich eine Autorität in der Kolonie der Werwölfe war. Der Uralte sass wie gewöhnlich auf seinem Thron. Kraus war gerade dabei, Lykaon zu erzählen was das Auftreten der Männer zu bedeuten hatte, als der alte Arkaderkönig eine telepathische Verbindung mit ihm aufnahm. Kraus unterbrach, als er das geistige Band zwischen sich und dem Alten bemerkte. Erklärungen waren sinnlos. Vielleicht verstand er ja nicht einmal seine Sprache. Aber die Telepathie erübrigte das Sprechen sowieso. Als der König verstand, gab er Kraus ein schwaches Handzeichen. Für Kraus war der Auftrag klar. Schulze und seine Leute mussten so schnell wie möglich und mit allen Mitteln aufgehalten werden. Ohne Zeit zu verlieren zog er mit Molke und Schmitt aus dem Hügel-Tal heraus in die Weite der Steppe. Der Junge kam mit ihnen mit um ihnen zu zeigen, wo er die Männer gesehen hatte. Die drei Nazis hatten sich für diesen Auftrag so vorbereitet, wie sie es aus der Werwolf-Division kannten: Sie nahmen einen mit frischer Kleidung, Nahrung und Wasser beladenen Rucksack mit. Es war wie früher, als sie auf der

Höhe ihrer Karriere für die Nazis Kommunisten ab-
schlachteten. Der grosse Unterschied von Damals zu
Jetzt war jedoch, dass sie nun nicht mehr im Auftrag
eines abgeirrten Wissenschaftlers handelten, sondern die Menschheit vor einer weiteren Generation
von Wolfskriegern schützen wollten. Dass sie, um
dieses Ziel zu erreichen, selbst zu Werwölfen werden mussten war für die drei Naziwerwölfe eine be-
rauschende Notwendigkeit. Nun konnten sie ihre
Kräfte für etwas Gutes ausleben.
Der Junge führte sie in die Steppe hinaus. Sie kamen
rasch zu Hufspuren. Kraus wies den Jungen an zu
warten, woraufhin sich dieser leicht enttäuscht auf
den Boden hockte. Kraus, Molke und Schmitt gingen ein Stück weiter. Sie deponierten ihre Rucksäcke
und zogen die Schuhe aus. Sie neigten die Köpfe
und vergegenwärtigten sich den Rausch des Wer-
wolf-Zustandes. In ihren Gesichtern sprossen bors-
tige Haare, die Hände wurden zu Klauen. Sie öffne-
ten ihre schmutzig-gelben Augen und nahmen die
Fährte auf. Es ging nicht lange, bis sie am Horizont
pulsierende Lichtschimmer von etwa 5 Männern
wahrnahmen. Sie verlangsamten nun ihr Tempo
und warteten, bis die Sonne ihren Höhepunkt erreicht hatte. Die Wolfsmenschen wollten die Expedition um Schulze während dem Mittagessen über-
rumpeln. Gerade, als die Amerikaner das Essen
schöpfen wollten geschah der Überfall. Alle Teilneh-
mer der Erkundungstruppe konzentrierten sich auf
die Zubereitung des Essens oder hatten, um der
blendenden Mittagssonne auszuweichen, den Blick

zu Boden gesenkt. Keiner überwachte den Horizont. Es war ganz einfach. Kraus und Molke führten ihren Auftrag schnell, effektiv und brutal durch. Den meisten der Soldaten brachen sie das Genick. Ihre Opfer waren so schockiert, dass sie sich gar nicht zur Wehr setzen konnten. Nur Schmitt konnte es nicht lassen, seine Klauen im Blut seiner Opfer zu tränken. Er schlitzte dem ranghöchsten Offizier der Mannschaft, der gerade nach seiner Pistole greifen wollte, den Bauch auf. Die klaffende Wunde zog sich vom Bauchnabel bis zum Hals des Soldaten. Seine Gedärme quollen heraus und klatschten auf den trockenen Steppenboden. Als er realisierte, was geschehen war, fiel er ohnmächtig zu Boden. Schulze griff unterdessen zu seinem Revolver, der Silberkugeln enthielt. Doch Molke war schneller als er. Er sprang mit einem Satz zu ihm und riss ihm mit einem gewaltigen Ruck den Kopf ab. Blut spritze aus dem zerfetzten Halsstumpf, der Körper stand noch einen Augenblick, bevor er zusammen- sackte. Molke schaute dem abgerissenen Kopf ins Gesicht. Schulze`s Augen blinzelten ein letztes Mal, dann wurde sein Blick stumpf. Nachdem sie das La- ger des amerikanischen Trupps geplündert hatten machten sie sich auf den Heimweg. Sie holten den Jungen ab. Als ihr jugendlicher Gefährte die nur not- dürftig vom Blut gereinigten Gesichter der Soldaten erblickte, huschte ihm ein schüchternes, aber ver- gnügtes Lächeln über das Gesicht. Er schien Gefal- len an den drei Neulingen zu haben. Kraus, Molke und Schmitt kehrten müde von der getanen Arbeit in das Tal der Werwölfe zurück.

Am nächsten Tag richteten sie sich in der Kolonie
ein eigenes Lager ein. Material dazu hatten sie von
der Expeditionstruppe, die sie am Vorabend elimi-
niert und ausgeplündert hatten. Sie kehrten noch
einmal zum Lager zurück um weitere Dinge zu holen, die sie am Vortag nicht mitschleppen konnten.
Ihr neues Zuhause war verhältnismässig gemütlich.
Das Rund-Zelt, das Ihnen zur Verfügung gestellt
wurde, teilten Kraus und Molke mit einer olivgrünen Plane, die sie im Lager der Amerikaner gefunden hatten. Schmitt richtete sich gleich neben dem
Zelt seines Hauptmanns und seines Kameraden ein
eigens Lager ein. Auf diese Weise konnte jeder für
sich sein. Während sie sich einrichteten verging der
Tag schnell. Sie assen bei der Familie des Jungen zu
Abend, es gab diesmal Fleischbrühe und einen Tee,
der aber nicht so stark war wie jener, der Kraus und
Molke in einen Schlaf voller Visionen versetzte. Mit
einem angenehm schläfrigen Gefühl zogen sich die
drei Nazis in ihr Zelt zurück. Molke schlief bald ein
nachdem er sich in sein Feldbett fallen liess. Auch
Schmitt ergab sich schnell der Wirkung des einschlä-
fernden Tees. Doch in Kraus Verstand schwirrte
eine Frage herum, die ihn noch nicht einschlafen
liessen. *Wenn Lykaon schon seit mehr als 3000 Jahren
lebt, wie lange werden dann wir leben?* Kraus stellte die
Frage beiseite und liess sich vom Schlaf übermann-
nen. Die ungewisse Zukunft würde sich von selbst
Tag für Tag offenbaren, ohne dass er etwas dafür

tun musste.

In der Werwolf-Kolonie

Schon seit Wochen lebten die drei Nazis in der Kolonie der Werwölfe. Inzwischen war es Winter geworden, die Kräfte der Natur zogen sich immer mehr zurück und warteten darauf, dass sie sich von neuem entfalten können. Auch in der Kolonie bereitete man sich auf den Winter vor. Das Fleisch von erlegten Wildtieren wurde konserviert, damit in der kalten Jahreszeit die Nahrung nicht ausging. Schmitt und Molke wanderten zum Gasthof, der sich für sie zum Tor zur Aussenwelt entwickelt hat. Sie holten dort Winterkleidung für sich selbst und für Kraus. Schmitt liess sich von dem Wirt über das Weltgeschehen informieren. Er erfuhr vom totalen Untergang Nazi-Deutschlands. Als er erfuhr, dass seine alte Heimat in Trümmern lag, schien es ihm, als ob er schon sein ganzes Leben in der Werwolf-Kolonie verbracht hätte. Die einzigen Personen, um die er sich gemässigte Sorgen machte, waren sein alter Beichtvater und ein Psychiater, der ihn in seiner Zeit im Irrenhaus behandelte. Dies waren die zwei einzigen Menschen, mit denen er jeweils richtige Gespräche führte. Er dachte für einige Sekunden daran, welches Schicksal die Beiden wohl ereilt hat. Er fühlte dabei einen leisen Strom des Mitgefühls gegenüber seinen ehemaligen Mentoren in sich, dachte aber auch an den Aufruhr, der im tausendjährigen deutschen Reich geherrscht haben muss als,

als es nach einigen Jahren schon unterging. Die Intensität der Stimmung musste enorm gewesen sein, als die Nachricht der Niederlage die Leute erreicht hatte. Schmitt fühlte, wie sich in seinem Inneren etwas regte. Er kostete diesen Moment aus, in dem er sich auch gefühlsmässig wahrnahm. Als ein Angestellter des Wirtes die bestellte Winterkleidung brachte, bezahlten die zwei Werwölfe aus der Steppe und machten sich auf den Weg zurück in die Kolonie. Schmitt trug beim Rückmarsch die taillierte, hellgraue Jacke, die ihn noch blasser und geisterhafter erscheinen liess. Molke hingegen wirkte mit seinem grünen Wintermantel und den rötlich-blonden Haaren geradezu vital. Die äusserlich ungleichen Männer sprachen während dem Rückweg über die Phänomene, die sie in der Kolonie erlebten. „Ist dir schon aufgefallen, dass die Leute in der Kolonie immer gelbe Augen haben, als ob sie Werwölfe wären?" fragte Schmitt seinen Begleiter. „Ja, das finde ich merkwürdig. Woran das wohl liegen mag?" gab Molke zurück. „ Ich glaube, im Laufe der Jahre entwickeln die Werwölfe eine Art geistiges Gleichgewicht, das sich beruhigend auf die Werwolf-Natur auswirkt. Diese kann dann immer mehr nach aussen dringen, weil dann das Gegensätzliche zwischen der tierischen und der menschlichen Seite kleiner wird. Aber genau weiss ich es auch nicht." „ Und die geistigen Kräfte der alten Werwölfe? Wie erklärst du dir die?" „ Schwierig zu sagen...... muss mit dem Älterwerden zusammenhängen, sonst hätten ja nicht nur die Alten solche Fähigkeiten. Wahrscheinlich werden die Werwölfe einfach so alt, dass sich diese Fähigkeiten ganz natürlich entwickeln…..". Die Gespräche zwischen Schmitt, dem Geistesgestörten und Molke, dem Zuchthäusler kreisten weiter um ihre Erfahrungen und Erlebnisse als Werwölfe. Sie sprachen aber auch über ihr Leben vor dem Krieg. Als Schmitt seinen Kameraden von seinem Leben als Kind auf dem Bauernhof sprechen hörte, wurde ihm die Ärmlichkeit seines eigenen Lebens vor der Kolonie und vor dem Krieg bewusst. Er hatte keine Abenteuer erlebt wie Molke, der in seiner Bauernfamilie im Grossen und Ganzen gut aufgehoben war. Seine Erinnerungen an seine Kindheit waren von Ödheit und Langeweile durchzogen. Er fühlte sich wie jemand, der seelisch verkrüppelt in das Leben startete. Diese Erkenntnis stiess ihn jedoch nicht in einen inneren Abgrund. Schmitt`s Denken wurde von seinem Interesse am Dasein angetrieben, das, für die meisten Aussenstehenden, nicht sichtbar wurde. Dieses rege Interesse bewirkte, dass er auch seine schlechten Erinnerungen ertragen konnte. Denn wer sich wirklich für sich selbst und das Sein interessiert, ist auch von dem Schlechten nicht abgeneigt. Es ging Schmitt um die Erkenntnis um der Erkenntnis Willen. Ob das Erkannte eine traurige Realität war oder nicht war für ihn nebensächlich. Und doch bewirkte das Erkennen der Erbärmlichkeit des eigenen Lebens eine Veränderung in Schmitt. Er wünschte sich nun eine tiefere Zusammengehörigkeit mit anderen Menschen. Früher

reichten ihm oberflächliche Kontakte aus. Was darüber hinausging, war ihm zuwider. Doch nun, wo er Molke von seinem Leben reden hörte, welches viel reicher war als sein eigenes, wollt er etwas Ähnliches haben. Er wollte dazugehören und innerlich wachsen. Die Kolonie der Werwölfe gab ihm die Möglichkeit der Zusammengehörigkeit und des Wachstums. Molke fror in der winterlichen Witterung. Schmitt hingegen wurde von innen heraus erwärmt von der Vorstellung, dass er in dieser Einöde seine wahre Heimat gefunden hat. Schmitt war eben eine gänzlich umgekehrte Person, während Molke und Kraus sich damit abfinden mussten, in der Kolonie zu leben, freute er sich darauf. Der Untergang Deutschlands war für ihn kein Verlust, wie für Molke, sondern ein Ereignis, zu dem sich sein Lebensgeist regte. Die zwei Nazi-Werwölfe zogen sich zurück in die Einöde. Ihnen stand ein langer Winter bevor. Ihre Zukunft war ungewiss, keiner konnte sagen, was die nächsten Jahre bringen würden. Würden sie je wieder nach Deutschland zurückkehren? War für sie ein Leben unter normalen möglich? Und war für sie überhaupt wünschenswert, als vereinzelte Kreaturen ein Leben unter Leuten zu führen, die sie niemals verstehen würden und die ihre Erfahrungen nicht nachvollziehen konnten?
Die drei Werwolf-Nazis entschieden sich während einem der kalten Winterabende, die sie gemeinsam am Lagerfeuer verbrachten, ihr Leben in der Kolonie zu führen und sich keine weitreichenden Gedanken über das Kommende zu machen. Ihre militärischen

Fähigkeiten stellten sie in den Dienst der Werwolf-Kolonie unter der Führung Lykaons. Kraus wurde zur rechten Hand des alten arkadischen Königs. Molke fand sich immer mehr mit seinem Leben in der Kolonie ab. Und Schmitt blühte immer mehr auf. Gemeinsam brachten sie allzu neugierige Forscher zur Strecke, die sich, wie einst Schulze, die Fähigkeiten der Werwölfe zunutze machen wollten. Die Werwolf-Division existierte durch die Jahre in der Steppe weiter, bis eines Tages auch sie aussterben werden und ihre Mitglieder den ewigen Frieden finden.

®
FSC
www.fsc.org
MIX
Papier | Fördert
gute Waldnutzung
FSC® C083411

Zeitfracht Medien GmbH
Ferdinand-Jühlke-Straße 7
99095 Erfurt, Deutschland
produktsicherheit@kolibri360.de